KB114713

FUSION FANTASTIC STORY

푸른 하늘 장편 소설

재중 귀환록 5

푸른 하늘 장편 소설

초판 1쇄 찍은 날 § 2014년 6월 25일
초판 1쇄 펴낸 날 § 2014년 7월 3일

지은이 § 푸른 하늘
펴낸이 § 서경석

편집부장 § 권태완
편집책임 § 박가연

펴낸곳 § 도서출판 청어람
등록번호 § 제387-1999-000006호
등록일자 § 1999. 5. 31
어람번호 § 제1-1884호

주소 § 경기도 부천시 원미구 부일로 483번길 40 서경B/D 3F (우) 420-822
전화 § 032-656-4452팩스 § 032-656-4453
http://www.chungeoram.com
E-mail § chungeorambook@daum.net

ISBN 979-11-316-9095-6 04810
ISBN 979-11-5681-939-4 (세트)

The Record of Dragon's Return

삼합회

푸른 하늘 장편 소설

FUSION FANTASTIC STORY

도서출판 청람

CONTENTS

Chapter 01
음모

"멋지다고 생각되지 않는가?"

바르틴 세르지오의 차를 타고 도착한 곳은 브라질이 자랑하는 커피 농장이었다.

특히나 커피로 브라질 기업 순위 1위에 오른 시우바 그룹의 농장답다고 해야 할까.

재중이 내린 곳에서 시선을 들어 바라보는 모든 것이 커피나무가 가득한 농장뿐이었다.

"브라질에서 가장 넓고 가장 최고의 품질을 생산하는 농장이네."

세르지오의 말투는 자부심이 가득했다.

하지만 그 말투에서 재중이 느낀 것은 마치 자기 것을 자랑하는 듯한, 한편으로는 욕심이 고스란히 드러난 모습이었다.

물론 굳이 아는 척을 할 필요가 없기에 그저 묵묵히 듣고만 있는 중이긴 했다.

그러나 과연 재중의 성격상 얼마나 듣기만 할지는 아직 아무도 알 수가 없었다.

“뒤차가 늦군요.”

재중이 슬쩍 혼잣말처럼 중얼거렸다.

커피 농장에 도착한 지 벌써 10분 이상이 되었는데도 뒤따라오던 천서영과 캐롤라인의 차가 보이지 않았다.

그걸 들었는지 세르지오가 슬쩍 뒤를 보는 척하더니 말했다.

“이런… 아무래도 길이 엇갈렸나 보군……. 그렇게 생각하지 않는가?”

진득하니 입가에 미소를 지으면서 재중을 쳐다보는 세르지오의 얼굴은 마치 먹이를 앞에 둔 하이에나 같았다.

뒤이어 재중의 감각에 거슬리던 숨어 있던 녀석들이 모습을 드러내기 시작했다.

놈들은 모두 손에 커다란 낫과 칼, 톱 같은 것을 들고 나타나 재중을 둘러싸 버렸다.

씨익~

하지만 자신을 둘러싼 녀석들을 한 번 훑어보던 재중은 오히려 입가에 미소를 그렸다.

"왜 웃는지 알고 싶은데 알려주지 않겠나?"

당연히 재중이 당황할 것이라고 생각했던 세르지오다.

한데 재중은 미소를 짓고 있었다.

그 어디에서도 긴장감이라곤 전혀 느낄 수 없는 모습이 이상해 세르지오는 묻지 않을 수 없었다.

"내가 왜 웃는지 궁금한가 보지?"

"……?"

조용히, 하지만 무언가 강한 힘이 느껴지는 재중의 목소리가 세르지오의 귓가에 들렸다.

동시에 세르지오는 무언가 분위기가 이상하게 흘러간다는 것을 느끼기 시작했다.

본래는 지금 자신이 준비한 30명의 인부가 재중을 둘러싸면 시우바 회장과의 관계가 무엇인지, 그리고 어떻게 산쵸카르텔의 손에서 벗어났는지 천천히 알아낼 생각이었던 세르지오였다.

그런데 시작부터 일이 생각대로 되지 않자 불안한 마음보다 짜증이 먼저 일어났다.

지금까지 세르지오는 브라질 내에서는 자신 앞에서 재중

처럼 여유로운 사람을 본 적이 없었다.

어쩌면 그런 세르지오가 여유로운 표정의 재중을 보고 짜증이 이는 건 당연한 일일 수도 있었다.

"뭐… 굳이 말하지 않겠다면… 천천히 듣도록 하지."

저벅… 저벅…….

세르지오는 굳이 재중이 웃는 이유를 듣기 위해 기다리기를 그만뒀다.

그보다는 조금 뒤 자신 앞에서 거만했던 대가로 온몸에서 피를 흘리면서 발아래 엎드려서 고분고분 묻는 말에 대답할 재중을 생각하며 뒤로 물러나 버렸다.

지금 세르지오가 부른 인부들이 보기에는 그냥 커피 농장에서 일하는 사람처럼 보일 수도 있다.

그러나 사실 이들은 최근에 시우바 회장이 산쵸카르텔에서 바꾼 포르텔카르텔에서 파견 나온 조직원이었다.

이 조직원들은 본래 다른 사람들을 관리하거나 카르텔과 시우바 그룹 간의 중간다리 역할을 하기 위해서 있는 녀석들이었다.

그런데 세르지오가 근처에 있는 조직원 모두를 호출했기에 일부러 모인 것이다.

이미 세르지오의 부탁을 들어주면서 짭짤한 돈맛을 느낀 조직원들이다.

그들이 모든 일을 내팽개치고서 모이다 보니 인원이 30명이나 되어버렸다.

하지만 세르지오에게 이 정도 인원에게 수고비 주는 것은 별것도 아니었기에 오히려 세르지오는 흡족해하는 중이었다.

모인 숫자가 많다는 것은 세르지오 자신의 입김이 그만큼 강하다는 증거였으니 말이다.

"커피 농장에서는 사고가 자주 일어나는 편이지……. 특히나 커피 농장에 무단으로 들어온 관광객이 인부에게 맞거나… 죽는 일이 흔하진 않지만 일어나기도 하지. 안 그런가, 자네들?"

세르지오의 말에 재중을 둘러싼 조직원들의 입가에 미소가 번졌다.

그러더니 그들은 각자 들고 있던 공구를 가장한 무기들을 고쳐 잡기 시작했다.

그도 그럴 것이 방금 세르지오의 말은 여차하면 죽여도 좋다는 허락이 떨어진 거나 마찬가지였기 때문이다.

만약 재중을 죽인다고 해도 이곳 조직원 중에 한 명이 총대를 메고 잡혀가면 그뿐이었다.

어차피 세르지오가 뒤를 봐줘서 1년도 안 되어 세상으로 나올 것이 뻔했다.

사람 하나 죽이는 것조차 지금 이들에게는 그저 돈으로 보일 뿐이었다.

그렇기에 재중을 보는 눈빛에 살기가 번뜩이는 것은 당연했다.

반면 이런 모습을 그저 무심한 눈빛으로 바라보던 재중은 비웃음을 흘렸다.

"훗… 겨우 이거였나? 바르틴 세르지오……."

자신을 초대해서 무언가 알아보려는 듯한 대범한 모습에 재중은 자신을 즐겁게 해줄 무언가가 있을 것을 기대했었다.

그런데 막상 따라와 보니 뒤에서 계획이나 꾸미고 좋아하는 녀석들과 전혀 다를 게 없는 모습이다.

당연히 한숨이 나올 수밖에 없었다.

그저 겉으로만 내세우기 좋아하고 결국 뒤에 숨어서 돈의 힘으로 자신의 욕심을 채우는 다른 놈들과 똑같은 모습이었으니 말이다.

결국 재중은 생각을 바꿔서 세르지오를 그냥 처리하기로 했다.

다만 그전에 지금 그를 둘러싼 녀석들을 처리해야겠지만 말이다.

씨익~

"어쭈? 웃어?"

조직원들은 30명이 둘러싼 상황에서 긴장은커녕 오히려 웃으면서 준비 자세조차 취하지 않는 재중의 모습에 어처구니가 없었다.

지금 재중의 모습을 보고 생각나는 것은 한 가지였다.

"미친놈."

누가 봐도 지금 재중의 입가에 그려진 미소는 이해가 가지 않는 상황이었으니 말이다.

그리고 그런 조직원들이 뭐라고 하든 재중은 지금 이 위협적인 상황에 맞지 않게 곰곰이 생각에 빠져 있었다.

어떻게 녀석들을 처리하느냐로 말이다.

'오랜만에 몸 좀 풀어볼까.'

지구로 와서 딱히 몸을 풀어본 적이 언제인지 기억도 나지 않는 재중이다.

재중은 간만에 마나를 쓰지 않고 움직여 보는 것이 어떨까? 하는 생각을 하는 중이었다.

만약 지금 이런 재중의 생각을 둘러싼 조직원들이 들었다면 박장대소를 했을지도 모를 일이다.

하지만 일반적인 상황과 같이 생각해서는 안 된다.

30명이 둘러싸고 있다고 하지만 재중은 이미 대륙에서의 풍부한 경험으로 이런 상황에서의 대처법을 너무나 잘 알고 있었다.

그렇기에 이런 여유로운 생각이 가능하다는 것을 녀석들은 모르고 있는 것이다.

30명… 아니, 100명이 둘러싸더라도 결국 재중이 공격받는 방향은 앞뒤, 왼쪽, 오른쪽으로 무조건 정해져 있다.

그리고 굳이 마나를 쓰지 않더라도 재중의 몸은 드래곤 블러드로 인해 감각 자체가 극도로 민감하다.

평소에는 억지로 봉인하고 있을 뿐인 것이다.

쇄아아아아!!!

"응? 뭐지?"

재중이 평소에는 너무 민감한 감각이 귀찮기에 봉인하고 있던 것을 겨우 풀었을 뿐이었다.

하지만 봉인을 푸는 순간, 재중을 둘러싸고 있던 조직원 전원은 무언가 보이지 않는 것이 자신의 몸을 스치듯 지나가는 것을 느꼈다.

그 순간.

씨익~

재중의 입가에 지은 미소가 더욱 진해지고, 준비는 끝나 버렸다.

그리고 목숨이 오가는 싸움, 전쟁에서 뭐가 가장 중요한지 재중은 너무나 잘 알고 있기도 했다.

우드드득!!

털썩!

"뭐야!!!"

"저 미친새끼가!!!"

재중이 눈앞에서 맨손으로 사람의 목을 잡고 비틀고 있었다.

그 누구도 생각지 못한 순간에 움직인 재중 때문에 조직원들은 한순간 당황해서 그 모습을 고스란히 보고 있을 수밖에 없었다.

씨익~

그리고 그들은 볼 수 있었다.

맨손으로 사람의 목을 잡고 비틀면서도 미소를 짓고 있는 재중의 모습을 말이다.

"쳐!!!"

설마 재중이 먼저 달려들 것이라고는 이곳에 있는 조직원 중 누구도 생각하지 못했다.

동료가 죽는 모습을 보고서야 상황을 깨달은 누군가 소리쳤지만 이미 늦은 뒤였다.

우드드득!!

턱!

재중이 처음에 목을 잡아 비튼 녀석의 바로 옆에 있던 조직원의 어깨를 잡았다.

그 순간, 마치 자석에 이끌리듯 녀석의 몸이 재중의 손안으로 빨려 들어 품으로 들어가는 듯하더니 허리가 뒤로 'ㄱ' 자로 꺾인 채로 땅바닥에 뒹굴었다.

"악마 같은 새끼!!!"

맨손으로 사람의 목과 허리를 부러뜨리는 재중의 모습은 조직원들에게도 충격 그 이상으로 다가오기에 충분했다.

총? 칼?

무기로 하는 살해는 확실히 효율적이다.

총이나 칼로 사람을 죽일 경우 사람들이 총에서 공포를 느끼고, 칼에서 위협을 느끼는 것은 당연했다.

하지만 만약 맨손으로 사람을 죽인다면?

당연히 인간에게 공포를 느낄 수밖에 없었다.

그리고 그 공식이 지금 그대로 드러나고 있었다.

당장에라도 달려들 것 같던 조직원들이 재중에게 달려들기보다 손에 들고 있던 무기를 버리고 품에서 권총을 꺼내 들기 바빴으니 말이다.

하지만 무기를 버리고 품에서 권총을 꺼내는 동작은 재중에게 너무나 느렸다.

시간이 남아도는 상황일 수밖에 없었다.

"어차피 총이 없으면… 아무것도 못하는 쓰레기들."

재중이 맨손으로 두 명을 죽여 버리자 약속이나 한 듯 무기를 버리고 모두가 권총을 꺼낸다.

그 모습에 재중은 쓰레기라는 말밖엔 더 할 말이 없었다. 이어 재중의 발이 움직이기 시작했다.

탁!

겨우 한 발이었다.

보기에는 아무렇지 않게 내디딘 한 걸음.

그러나 이미 재중의 몸은 권총을 꺼내기 위해 엉성하게 서 있던 녀석의 품에 파고들어 간 상태였다.

"쓰레기는 그냥 쓰레기답게 죽어."

파앙!!!

그저 자연스럽게 손바닥을 녀석의 가슴에 가져다 댔을 뿐이었다.

하지만 재중의 손바닥을 가슴으로 맞이한 녀석은 큰 북이 찢어지는 듯한 굉음을 내며 커피 농장 안으로 사라져 버렸다.

"……!"

권총을 꺼내던 조직원들은 이 순간 자신들이 뭘 하고 있었는지도 잊고 멈칫했다.

사람이 저렇게 날아가는 장면은 그들로서도 처음 보는 충격적인 모습이었으니 말이다.

하지만 그들이 놀라서 잠시 멈칫거렸던 것이 자신의 목숨을 재촉하는 일이 될 줄은 아무도 몰랐다.

어차피 소용없는 발악이겠지만, 만약에 재중에게 권총을 쏘는 녀석이 하나라도 있었다면, 의미없는 삶이겠지만 몇 초라도 더 오래 숨을 쉴 수 있었을지도 모른다.

하지만 안타깝게도 그러기에는 재중이 보여주는 모습이 너무나 충격적이었다.

우드득!!

콰직!!!

퍼걱!!

마치 물이 흐르듯 한 걸음 걸을 때마다 조직원이 하나씩 혀를 빼물면서 죽어갔다.

그 모습은 충격을 넘어 경악할 만한 수준이었으니 말이다.

불과 5초나 지났을까?

재중이 마지막 남은 조직원의 등으로 파고들어 목을 잡았다.

그 순간까지 녀석은 자신이 곧 죽을 것이라는 것을 깨닫지도 못하고 있었다.

쾅!!

도무지 사람이라고 생각되지 않을 만큼 강한 힘으로 가볍게 목을 쥔 채 크게 휘둘러 그대로 땅바닥에 패대기쳐 버렸다.

그리고 이어서 재중은 땅바닥에서 오징어가 꿈틀거리듯

움직이는 녀석의 목에 발을 올리더니,

콰직!

그대로 밟아버렸다.

그리고 조용히 고개를 돌려 세르지오를 쳐다보았다.

주르르륵…….

재중의 눈과 마주치는 순간 세르지오는 커다란 창이 자신의 머리를 뚫고 지나가는 듯한 충격을 받았다.

동시에 세르지오의 바지는 축축하게 젖어버렸다.

"그럼 슬슬 우리 밀린 이야기를 해볼까? 바르틴 세르지오."

재중의 환한 미소가 세르지오에게는 마치 악마가 손짓하는 모습으로만 보였다.

Chapter 02
들통 나버린 음모

"그냥 욕심이네, 그렇지?"

딱히 고문을 할 것도 없었다.

재중은 불과 몇 분 만에 세르지오 외에 이번 시우바 회장 테러 사건에 참여했던 녀석들의 명단을 알아내 버렸다.

아니, 알아냈다기보다 세르지오가 먼저 술술 불어댔다.

너무 쉽게 알아서 말해주니 이건 뭐 오히려 김이 빠질 지경이었다.

하지만 한숨이 나오는 것과 동시에 세르지오의 이런 반응이 이해가 되기도 했다.

재중은 인간의 모습을 하고 있지만 실질적으로 인간이라고 하기에는 무리가 있었다.

마나를 사용하지 않는다고는 하지만 재중의 몸속에 활발하게 살아 있는 드래곤의 피의 힘은 어쩔 수 없이 발휘될 수밖에 없었다.

자연히 재중의 눈을 마주한 세르지오는 마치 낭떠러지에서 떨어지는 것 같은 경험을 하며 멘탈이 붕괴되어 버린 것이다.

뭐, 그 다음부터는 재중이 무엇을 물어보든 순순히 대답하는 것이 당연했다.

하지만 정작 심각한 일은 따로 있었다.

세르지오에게서 알아낸 일은 오히려 별거 아닐 정도였다.

그보다는 세르지오의 입에서 나온 이름들이 더 문제였다.

재중은 세르지오에게서 들은 이름들을 통해 상황이 생각보다 심각하다는 것을 느낄 수 있었다.

"계열사 사장이 전원… 참여했다라……."

총대를 멘 것이 세르지오였을 뿐, 이미 시우바 계열사 사장으로 있는 전원이 이번 시우바 회장 테러 사건에 관여하고 있었다는 것을 알아버렸으니 말이다.

이것은 재중으로서도 조금은 의외의 상황이었다.

세르지오 한 명이라고 생각했을 때는 재중이 그냥 조용히 처리하면 되기에 알리지 않았다.

하지만 계열사 사장 전원이 관련되어 있다면 더 이상 재중이 혼자 해결할 수준은 벗어나 버린 것이다.

"뭐… 이놈을 끌고 가면 알아서 처리하겠지."

이미 검예가에서 한 번 경험한 적이 있기에 깔끔하게 시우바 회장에게 맡기기로 했다.

덥썩!

결정을 내리자 지체 없이 행동에 옮긴 재중이다.

재중은 허공을 보면서 계속 재중에게 했던 말을 되풀이하고 있는 세르지오의 목덜미를 잡아 번쩍 들었다. 그리고 커피나무의 그늘로 발걸음을 옮겼다.

스르르륵…….

그늘에 들어선 재중의 몸이 어둠 속에 녹아 버리듯 스며들면서 사라졌다.

그와 함께 목이 잡힌 세르지오도 덩달아 어둠 속으로 끌려 들어가 버리면서 모습을 감춰 버렸다.

* * *

세르지오와 함께 조용히 사라진 재중이 모습을 드러낸 곳은 시우바 회장의 자택이었다.

"자네… 어쩐……? 혹시… 거기… 발틴……?"

시우바 회장은 자신의 손녀가 재중과 조금이라도 친해지기를 기대하면서 습격한 산쵸카르텔의 뒤를 봐준 녀석들에 대해서 조사하는 중이었다.

그런데 그때 난데없이 재중이 나타났다.

시우바 회장은 갑자기 나타난 재중을 보고는 어리둥절한 표정을 지었다.

거기다 재중이 세르지오의 목덜미를 쥐고 있는 모습은 시우바 회장으로서는 도무지 어떻게 된 일인지 알 수가 없었으니 말이다.

"산쵸카르텔 뒤를 봐준 녀석들 조사 중이셨죠?"

"그… 렇네만……?"

"이놈한테 물어보면 재미있는 이야기를 듣게 될 겁니다."

휙~

털썩!

재중은 마치 물건을 던지듯 시우바 회장에게 세르지오를 던져 버리고는 다시 발걸음을 돌렸다.

"자네는 어디를 가려는 겐가?"

밑도 끝도 없이 시우바 그룹의 계열사 사장으로 있는 세르지오를 자신에게 던져 주고 돌아가려는 듯한 재중이다.

시우바 회장이 뭔가 설명이라도 바란다는 표정으로 재중

에게 물었다.

"뒤처리가 남아서요."

하지만 그 말을 끝으로 구석의 그림자로 사라져 버린 재중이었다.

"나참… 정말 사람인지 의심스럽기까지 하구만……."

이미 신승주를 치료할 때 보였던 기적 같은 능력과 마나로 만들어진 천사의 날개 때문에 한 번 의심을 한 상황이다.

물론 재중이 설명을 잘해서 특별한 능력이 있다는 정도로 받아들이긴 했다.

하지만 아무리 재중의 설명을 받아들인 시우바 회장이라도 방금처럼 허공 속에 녹아들 듯 사라져 버리는 재중의 능력만큼은 도무지 적응이 되지 않는 것이다.

테러를 당했던 당시 차 속에서 빠져나갈 때 한 번 보고, 방금이 두 번째였다.

하지만 도무지 볼 때마다 저절로 고개가 저어지는 재중의 능력이었으니 말이다.

어쨌든 재중이 아무 이유 없이 세르지오를 자신에게 주고 갔을 리가 없다.

고개를 돌려 세르지오를 쳐다보던 시우바 회장의 눈빛이 날카롭게 변했다.

"이놈이라는 말인데……."

아직 그도 조사를 시작한 지 얼마 되지 않은 시점이었다.

누군가 산쵸카르텔에 무기와 함께 자신의 이동 경로와 시간을 유출시켰다는 것까지만 알아냈을 뿐이었다.

하지만 재중의 불가사의한 능력에 대한 신뢰가 있는 시우바 회장은 직감적으로 알 수 있었다.

"이놈이 배신자라는 말이군그래……."

시우바 회장도 어느 정도는 내부의 배신자가 있을 것이라고 생각하고 있었다.

하지만 설마 하니 계열사 사장 중에서 가장 강한 권력을 가지고 있는 세르지오가 배신했다는 건 의외의 상황인 것이다.

시우바 회장의 자식들이 있긴 하지만 한국과 달리 시우바 회장은 능력만 된다면 얼마든지 CEO 자리를 다른 사람에게 물려줄 생각이 있었다.

당연히 그 후보는 현재 시우바 그룹의 계열사 사장들이었다.

그리고 그중에서도 세르지오는 다음 대 시우바 그룹을 이끌어갈 사람으로 가장 주목받고 있었다.

시우바 회장도 자신이 은퇴한다면 세르지오에게 자리를 넘겨줄 생각도 어느 정도 가지고 있었다.

당연히 배신감이 클 수밖에 없었던 것이다.

하지만 막상 범인임을 확정 짓자 세르지오가 왜 자신을 죽이려 했는지는 곧바로 알 수 있었다.

"내가 가진 석유가 그리 탐이 났단 말이군."

시우바 그룹의 가장 강력한 권력을 가질 수 있는 근본이 되는 시우바 석유를 가지기 위해서라는 것은 굳이 물어보지 않아도 바로 알 수 있었으니 말이다.

짝!

"네 회장님."

시우바 회장이 가볍게 손뼉을 치자 5명의 경호원이 곧바로 다가왔다.

"이놈을 끌고 가서 다 알아내게."

경호원들은 시우바 회장이 지목한 세르지오를 잘 알고 있지만, 표정의 변화조차 없는 모습이었다.

시우바 회장은 주변에 적잖은 수의 경호원을 두고 있었다.

저택 내부에 있는 경호원들은 물론 저택 주변을 둘러싸고 수백 명의 경호원이 있는 상황이다.

하지만 그들은 모두 시우바 회장의 명령 외에는 그 누구의 명령도 받지 않는 특수한 체계를 갖고 있었다.

그리고 시우바 회장을 지금까지 지켜온 그들은 그냥 일반 경호원이 아니었다.

본래 이들은 돈을 받고 전쟁을 하는 전쟁 용병이었다.

시우바 회장은 경호원을 모두 죽을 고비를 수십 번은 넘긴 경험이 풍부한 사람으로만 고용한 것이다.

그러다 보니 경호원이 해야 하는 업무에 대한 능력 외에도 여러 가지 도움이 되는 능력이 많은 편이었다.

지금처럼 무언가 조용하면서도 은밀하게 처리해야 할 일이 생길 경우가 특히 그랬다.

그리고 그들은 지금까지 시우바 회장에게 실망을 준 적이 없었다.

"태어나서 젖을 몇 번 빨았는지까지 알아내겠습니다……."

이 말을 남긴 경호원은 세르지오를 마치 짐짝을 끌고 가듯 끌고 어디론가 가버렸다.

세르지오가 계열사 사장이고 경호원들도 잘 알고 있던 사람이기는 하다.

하지만 그건 시우바 회장에게 도움이 될 때나 허용되는 것이다.

경호원들에게는 그 누가 되었든 시우바 회장의 적이 되는 순간, 그들에게도 적이었으니 말이다.

Chapter 03
사랑이란?

"응?"

재중이 세르지오를 시우바 회장에게 던져주고 다시 돌아온 곳은 아까 세르지오를 데리고 나온 커피 농장이었다.

굳이 그곳으로 돌아간 것은 조금 전 자신이 처리한 흔적을 깨끗하게 뒤처리하기 위해서였다.

그런데 뜻밖에도 다시 돌아온 곳에는 30명이나 되는 조직원의 시체가 흔적도 없이 사라지고 없었다.

"……."

슬쩍 감각을 열어 주변을 살폈지만 아무것도 잡히는 것이 없었다.

불과 몇 십 초 정도인 짧은 시간에 30구의 시체를, 그것도 젊은 남자의 시체를 치웠다는 것은 재중으로서도 이해가 가지 않는 상황이다.

의외의 상황에 주변을 살펴보던 와중 재중의 눈에 걸린 것이 있었다.

"테라."

재중이 조용히 불렀다.

평소면 바로 그림자가 흔들리면서 테라가 튀어나왔을 텐데 이상하게 조용했다.

"네 패밀리어를 확인했다. 어서 나와."

흔들~

재중이 재차 확신에 찬 목소리로 부르자 그제야 그림자 속에서 슬그머니 테라가 모습을 드러냈다.

그런데 평소라면 재중에게 안겨들면서 애교를 떨며 고양이처럼 찰싹 달라붙을 테라가 무언가 안절부절못한 모습으로 재중의 눈치만 보고 있지 않는가?

"에휴… 넌 정말……."

사실 재중은 테라가 왜 저렇게 안절부절못한 표정인지 이미 알고 있었다.

그것도 신승주를 치료하기 위해 미국에 도착했을 때부터

말이다.

―마스터… 화나셨어요?

테라가 슬그머니 재중의 눈치를 보았다.

그런 테라의 모습에 재중은 조용히 그녀를 쳐다만 보다가 한숨을 작게 내쉬면서 대답했다.

"화 안 났어. 하지만 카페는 어떻게 하고 날 따라다닌 거야?"

비행기에서 공중 납치를 해결할 때 불렀던 것이, 지금 테라가 재중을 따라다니게 된 결정적인 계기가 되어버렸다.

재중도 그것을 어렴풋이 느끼고 있었으니 무작정 화를 낼 수도 없었다.

공중 납치를 처리하기 위해서 어쩔 수 없이 테라와 흑기병을 불렀는데, 그 한 번의 부름이 테라에게는 대기하라는 명령을 바꾼 거나 마찬가지였다.

물론 그걸 교묘하게 스스로 정당화해 버린 테라의 억지스러운 고집이 있긴 했지만 말이다.

―이제 저 없어도 카페는 잘 돌아가요. 헤헤헤헤.

테라는 재중이 화가 나지 않았고, 상황을 잘 넘겼다는 것을 눈치로 알아챘다.

테라가 그제야 평소의 웃음을 지으면서 재중의 곁에 다가와 슬그머니 팔짱을 끼면서 애교를 부리기 시작했다.

하지만 재중은 아직 할 말이 남은 상태였다.

"카지노에서는 왜 장난을 친 거야?"

—헷… 아셨어요?

뭐 재중이 안다는 것에 크게 놀라지도 않았지만, 그래도 이렇게 빨리 눈치챌 것이라고는 몰랐다.

테라가 장난스럽게 물어보자 재중이 대수롭지 않게 답했다.

"연속으로 룰렛의 36배 확률이 계속 그렇게 맞는다는 게 상식적으로 말이 되었다면 나도 몰랐겠지."

—헤헤헤… 어차피 다 기부했잖아요. 좋은 일을 했으니 좋은 거 아니에요, 마스터?

"에휴… 그래……."

사실 재중도 처음에 룰렛을 해서 36배가 걸렸을 때 속으로는 많이 놀라고 있었다.

표정은 덤덤했지만 말이다.

재중이 뭔가 이상하다고 눈치챈 것은 바로 두 번째 룰렛이 36배에 걸렸을 때였다.

상식적으로 평생에 1번 걸리기도 힘들다는 룰렛이다.

그런 룰렛이 연속으로 2번이나 36배 배당이 걸린다?

이건 다른 사람들은 몰라도 재중에게는 너무나도 이상한 일이었다.

평생 운이 좋은 일이라고는 생긴 적이 없었던 재중이었기에 더더욱 의심하는 게 빨랐을지도 몰랐다.

결국 3번 연속으로 걸렸을 때, 누가 장난을 치고 있는지 알 수 있었던 것이다.

"그보다 시체들은 어떻게 했어?"

—제가 싹~~ 저 멀리 바닷속에 던져 버렸으니 깔끔해요. 잘했죠? 그렇죠?

마치 잘했으니 칭찬해 달라는 듯 재중을 빤히 쳐다보면서 눈을 동그랗게 뜬다.

그런 테라의 모습에 재중은 자연스럽게 그녀의 머리를 쓰다듬어 주었다.

얄밉긴 해도 이런 모습이 귀여운 것은 사실이었으니 말이다.

"카페는 어때?"

이왕 이렇게 된 거 더 추궁하기도 뭐했다.

재중이 카페에 대해서 물어보자 테라가 마치 준비된 듯이 대답했다.

—제가 마스터의 생각을 잘 알고 있잖아요, 그래서 우선 작은 마스터에게 모든 것을 넘겨 버렸어요. 마스터와 달리 전 매니저로 있긴 하지만 작은 마스터에게 자유로운 편이니까요.

확실히 테라가 따르는 것은 재중이지 연아가 아니긴 했다.

물론 재중의 여동생이기에 중요한 사람으로 생각하긴 한다.

하지만 테라에게 재중과 연아의 중요도에 대해서 표현해 보라고 한다면 아마 하늘과 땅만큼 차이가 클 것이다.

본래 모시는 마스터와 마스터의 가족은 그만큼 중요도가 다를 수밖에 없었으니 말이다.

그리고 눈치 빠른 테라가 재중이 카페를 연아에게 넘겨주고 싶어 한다는 것을 모를 리가 없었다.

그러다 보니 재중이 미국으로 간 사이에 테라는 핑계를 대 연아에게 카페의 전권을 넘겨 버렸다.

그리곤 혹시나 모를 사태를 대비해 카페 전체에 패밀리어를 깔아놓고 재중의 뒤를 따라다녔던 것이다.

"연아가 잘하겠지."

재중도 사실 연아가 마켓을 억척같이 혼자서 꾸렸던 것을 잘 알기에 크게 걱정하진 않았다.

혹시나 모를 사태 때문에 조금 걱정이 되긴 한다.

하지만 테라의 꼼꼼한 성격상 무작정 재중의 뒤를 따르진 않았을 것을 알기에 우선 이대로 넘기기로 했다.

계획한 것은 아니지만 테라 덕분에 카페의 전권을 가지게 된 연아가 자신도 모르게 천천히 카페의 중요한 곳에 자리 잡기 시작했으니 말이다.

아무리 연아가 한 번 싫다고 했지만 결국 카페의 사소한 것까지 챙기다 보면 정이 들 것이다.

사실 재중도 그런 것을 노리고 연아에게 앞으로 자신이 대학 생활을 하게 되면 맡아달라고 했던 거였다.

결국 테라가 재중 자신이 원하는 대로 상황을 만든 셈이다.

결과적으로 딱히 테라를 나무라기에도 무리가 있기에 조용히 넘기기로 했다.

"하지만 너도 앞으론 적당히 해라."

재중은 테라에게 나직이 경고하는 것도 잊지 않았다.

본래 혼자 여행을 하면서 지냈던 테라였기에 흑기병과 달리 재중이 풀어주자 빠르게 현대에 적응했다.

물론 그것까지는 좋았는데, 이건 뭐 미운 다섯 살짜리 애를 보는 기분도 자주 느끼는 중이었다.

가끔이지만 재중도 생각하지 못한 돌출 행동을 해버리기 때문에 그런 테라를 단속해야 하는 재중으로서는 정말 애증이 느껴질 수밖에 없었다.

하지만 채찍이 있으면 당근도 있어야 하는 법이다.

"수고했다……."

잘못한 것은 잘못한 것이고, 조직원들의 시체를 처리한 것은 잘한 것이다.

재중이 칭찬하자 그냥 좋아하는 테라였다.

잘못을 지적하거나 야단을 칠 때는 먼저 하고, 뒤에는 꼭 잘한 것을 칭찬하는 재중의 이런 습관은 본래 대륙에서 배운 것이다.

아랫사람을 다스리거나 관리할 때 꼭 필요한 법칙 같은 것이기도 했다.

아무리 귀족과 천민이 나눠져서 태어나는 세상이라고 하지만 소수의 귀족이 다수의 평민을 다스리는 것이 쉬울 리는 없으니 말이다.

무조건 명령한다고 따른다고 생각하는 것은 바보 같은 생각일 뿐이었다.

평민도 생각이 있고 화가 나면 반항도 한다.

하지만 그걸 모두 관리해야 하는 것이 바로 귀족인 것이다.

재중은 대륙에서 드래고니안을 상대로 싸우는 특수한 위치에 있다 보니 귀족들과의 접촉이 자연스럽게 많아졌다.

그렇게 귀족들과 접촉하면서 좋은 것과 나쁜 것을 모두 보고 배우며 자연스럽게 익힌 게 많았다.

방금 테라를 다루는 것도 모두 그런 것 중에 하나였다.

공과 사를 정확하게 구분하고, 칭찬과 야단을 정확하게 구분해서 내려야 하는 것이다.

이건 테라와 흑기병을 관리하고 제어해야 되는 재중에게

는 필수적이었다.

뭐, 대륙의 귀족들과 다른 점이라면 재중은 자신이 특별하다는 우월 의식이 없다는 것과 테라와 흑기병을 가족으로 생각한다는 것이지만 말이다.

—전 이만 퇴장할게요, 마스터~

야단을 맞긴 했지만 재중의 성격상 나중에 다시 나무라는 것 없이 그 자리에서 끝낸다는 것을 잘 아는 테라다.

그렇기에 테라는 조용히 웃으면서 그림자 속으로 사라져 버렸다.

모두 자신의 계획대로 되었다는 듯한 만족감이 가득한 얼굴로 말이다.

테라가 사라지고 나자 천서영과 캐롤라인이 타고 있는 차가 보였다.

"어머? 세르지오 아저씨는요?"

캐롤라인은 갑자기 사라져 버린 재중을 태운 세르지오의 차를 쫓아서 나름 열심히 왔었다.

하지만 세르지오가 작정하고 그녀들을 따돌린 상황에서 바로 쫓아오기엔 무리가 있었다.

지금 도착한 것도 나름 빨리 도착한 것이다.

물론 캐롤라인은 세르지오가 자신의 할아버지인 시우바 회장을 죽이려고 했던 녀석들의 수장쯤 된다는 것을 전혀 모르고 있었고 말이다.

"급한 일이 있다면서 가버렸군요."

재중이 별거 아니라는 듯 말하자 캐롤라인이 놀라며 중얼거렸다.

"어머! 정말요? 말도 안 돼. 초대를 해놓고 손님을 두고 가다니… 나참……."

재중을 초대한 것은 세르지오였는데 정작 세르지오가 없고 재중 혼자 덩그러니 농장 입구쯤에 있으니 당황스러운 상황이었다.

캐롤라인이 미안한 표정을 지어 보이자, 재중은 웃으면서 괜찮다는 뜻을 보였다.

"그럼 제가 안내할게요."

세르지오가 없어져 버린 이상 재중을 안내할 사람이 캐롤라인밖에 없었다.

한데 재중이 자연스럽게 앞장서려던 그녀의 어깨를 잡는 것이 아닌가?

"왜 그래요?"

캐롤라인은 자신을 잡은 손의 주인이 재중이라는 것에 의외라는 표정으로 쳐다보며 물었다.

"지금 한창 바쁠 때 아닌가요?"

"네? 뭐… 그야 그렇긴 하죠."

한국처럼 봄, 여름, 가을, 겨울 사계절이 뚜렷하진 않기에 명확하게 계절이 구분되는 것은 아니지만 지금이 일할 철인 것은 분명해 보였다.

그냥 눈으로 봐도 사람들이 분주하게 움직이는 것이 멀리서 보이긴 했다.

하지만 굳이 분주한 움직임이 아니라도 지금 시간대가 일하기에 가장 좋은 시간대라는 것은 피부로도 느껴졌다.

그 정도로 온도가 많이 떨어진 상태였으니 말이다.

"굳이 우리가 가서 방해할 필요가 있을까요?"

"네? 뭐… 그냥 구경만 하는 건데 굳이 방해까지야……."

캐롤라인은 재중이 갑자기 가지 않으려고 하는 모습에 고개를 갸우뚱거리면서 되물어봤다.

재중은 웃으면서 대답했다.

"시우바 그룹의 회장님 손녀가 농장에 찾아왔다면 당연히 관리자들이 바쁘게 움직이면서 일하는 사람들을 독촉할 것 같은데… 아닌가요?"

"……."

재중이 하는 말을 캐롤라인이 모르는 것은 아니다.

굳이 재중이 싫어하는 일을 할 이유도 없는 캐롤라인이 입꼬리를 살짝 오므렸다가 재중을 똑바로 쳐다봤다.

"뭐, 좋아요. 대신 한 가지 물어볼 게 있어요."

"……?"

뭔가 기회를 잡았다는 듯한 캐롤라인의 표정에 재중이 오히려 고개를 갸웃거렸다.

"저 매력 없어요?"

캐롤라인이 뜬금없이 자신의 몸매를 한껏 드러낸 자세를 취하면서 재중을 향해 노골적으로 물어봤다.

그 모습에 재중은 잠시 생각하는 듯하더니 피식~ 웃어버렸다.

"이 기회에 확실하게 말해두는 편이 좋겠군요."

재중도 캐롤라인의 목적이 뭔지 이미 알고 있었지만 딱히 자신의 생각을 말할 기회가 없었기에 그냥 있었을 뿐이었다.

그런데 캐롤라인이 먼저 기회를 만들어주니 캐롤라인뿐만이 아니라 재중도 이 기회에 확실하게 말해둬야겠다는 생각이 들었다.

재중은 고개를 돌려 천서영을 향해서도 물었다.

"천서영 씨도 해당되니 같이 듣겠습니까?"

"저요?"

천서영은 자신도 같이 들으라는 말에 쭈뼛쭈뼛거리면서 캐롤라인과 같이 재중 앞으로 다가왔다.

"전 두 사람 다 좋아하지 않습니다. 아니, 정확하게 말하자면 이성으로서 관심이 없다고 해야겠군요."

"……!"

캐롤라인은 재중의 말에 나름 충격을 받은 듯 많이 놀란 표정이었다.

반면에 천서영은 그저 담담하게 받아들이는 표정이었다.

이미 재중에게 면전에서 대놓고 들었던 말이었으니 말이다.

"정말 저 여자로서 매력이 없어요?"

하지만 캐롤라인은 도저히 믿을 수 없다는 표정으로 재중을 똑바로 보면서 물었다.

그에 재중도 냉정하리만큼 단호하게 대답했다.

"네, 이성으로서 전 당신에게 전혀 관심이 없습니다……."

"허얼… 말도 안 돼요… 제 몸매 탐나지 않아요?"

지금까지 캐롤라인은 자신의 몸매와 미모에 자신감이 가득했었다.

그렇기에 재중의 시선을 사로잡으면서 자신의 것으로 만드는 것에 어느 정도 자신이 있었던 것이다.

하지만 지금 재중의 말은 그런 캐롤라인의 생각을 완전 뒤집어 버리기에 충분했다.

그렇다고 재중이 고단수들이 한다고 알려진 튕기기나 관심 없는 척을 하느냐?

그렇지도 않았다.

사람의 생각을 감각으로 읽고 느끼는 시우바 회장의 피를 이어받은 캐롤라인이다.

어릴 때부터 모델 일을 하며 나름 여러 사람을 만난 그녀이기 때문에, 시우바 회장 수준은 아니지만 자신과 관련된 남자에 대한 것은 민감한 편이었다.

당연히 그런 민감한 감각은 지금까지 자신에게 작업을 거는 남자와 그렇지 않는 남자를 정확하게 구분하게 해주었으니 말이다.

지금 캐롤라인은 자신의 눈을 똑바로 보면서 말하는 재중을 보며 자신에게 아무런 감정이 없다는 것을 느낄 수가 있었다.

"저보다 좋은 남자가 있겠죠."

재중이 인사치레로 말했다.

하지만 캐롤라인은 도무지 이해가 가지 않았다.

"재중 씨는 혹시… 남자가 좋아요?"

자신과 같은 미녀가 대쉬하는데도 저 정도로 무반응이라면 당연히 재중이 게이가 아닐까? 하는 생각이 드는 것이다.

하지만 이 말에 대답은 옆에 있던 천서영의 입에서 흘러나왔다.

"정상적인 남자예요, 다만 우리가 재중 씨의 관심을 끌지 못했을 뿐이지만……."

"……?"

캐롤라인은 뭔가 힘이 빠진 듯하면서도 모든 것을 내려놓은듯한 천서영의 말투에 고개를 돌려 그녀를 쳐다보았다.

천서영을 보며 드는 생각은 오직 한 가지였다.

'채였구나!'

천서영이 이미 먼저 재중에게 잔인하리만큼 차갑게 차였다는 것을 느낄 수가 있었다.

뭐, 자신도 이제는 비슷한 처지였지만 말이다.

"재중 씨는 나쁜 남자군요."

캐롤라인은 천서영에 이어서 자신도 냉정하게 차버리는 재중을 보면서 새침하게 한마디 했다.

하지만 재중은 아무렇지도 않게 대답했다.

"취향의 차이겠죠."

"……."

마지막까지 단호하게 거절해 버렸다.

그렇게 재중이 칼로 잘라 버리듯 단호하게 말한 상황이 끝나갈 때쯤이었다.

천서영이 뭔가 결심한 눈빛으로 재중을 바라보면서 말했다.

"재중 씨는 사랑이 뭔지 아세요?"

영어로 물어봤기에 캐롤라인도 천서영이 한 말이 뭔지 알아듣긴 했다.

하지만 여자가 거절당하고 나서 사랑에 대해서 물어본다는 것에 대해 이해하지 못하겠다는 표정이었다.

캐롤라인은 천서영과 달리 아직 재중에 대한 호감이 있으니 어쩌면 당연하다.

하지만 천서영은 이미 두 번이나 같은 남자에게 거절당한 상황이었다.

자존심은 없어진 지 오래였기에 물어볼 수 있는 말이기도 했다.

"사랑이라……."

재중은 천서영의 말에 진지한 표정으로 잠시 생각하더니 뭔가 떠오른 듯 입을 열었다.

"혹시 천서영 씨는 자신이 사랑하는 남자와 모든 것을 버리고 살 수 있나요?"

"네!"

천서영은 0.1초의 망설임도 없이 대답했다.

캐롤라인은 그런 천서영과 재중을 잠시 지켜보다가 자신도 해당된다는 것을 눈치채고는, 천서영에 이어 대답했다.

"저도 사랑하는 사람이라면 그 정도는 상관없어요."

재중은 그런 두 사람의 대답에 그윽한 눈동자를 하고서 잠시 먼 산을 보는 듯하더니 다시 입을 열었다.

"무엇 하나 부족할 것 없는 귀족의 영애와 그 집에 있던 하인이 눈이 맞아서 야반도주를 했습니다. 당연히 귀족의 집안에서는 난리가 났지만 오히려 집안의 명예가 떨어진다는 판단에 조용히 묻어버렸죠. 딸은 병으로 죽은 사람이 되어서 말이죠."

옛날이야기처럼 시작된 재중의 말이었다.

하지만 이상하게 천서영은 재중의 눈동자에서 옛날이야기가 아니라 실제로 있었던 일인 것 같은 느낌을 받았다.

천서영뿐만 아니라 캐롤라인도 비슷한 느낌을 받고 있는 중이었다.

다만 재중의 말을 끊기가 미안해서 입을 다물고 있을 뿐이지만 말이다.

"10년이 지나 야반도주를 했던 하인과 딸이 귀족가의 집으로 되돌아왔죠. 그런데 딸은 앞을 보지 못하는 봉사가 되어 있었고 그런 딸이 등에 업고 있던 것은 하반신이 마비가 되어 일어서고 앉는 것조차 하지 못하는 하인이었습니다……."

"헉……!!"

"…어떡해……."

묘하게 재중의 이야기에 빠져든 천서영과 캐롤라인이다.

두 사람은 야반도주를 했다는 딸과 하인이 제 발로 귀족가의 집안으로 돌아왔다는 것이 뜻밖이라 이야기에 집중하기 시작했다.

돌아온 딸이 앞을 보지 못하는 봉사인데다 그 딸이 업고 온

하인이 혼자서는 일어서고 앉는 것도 힘든 장애를 가진 모습이라는 것이 애절하기도 하고 내용도 급반전되어 더더욱 빠져들어 버린 것이다.

사실 천서영과 캐롤라인이 이야기에 더욱 빠져 버린 것은 재중의 이야기에 나온 귀족가의 영애가 마치 자신 같은 느낌을 받아서인 이유가 컸다.

다만 그것을 본인들은 모르고 있었다.

"당연히 귀족가는 난리가 났죠, 가문을 버린 딸이 10년 만에 나타난 것도 황당했지만 봉사에 병신이 된 하인을 업고 나타났으니 말이죠. 그런데 의외의 상황이 벌어졌습니다. 귀족 영애의 아버지, 즉 귀족의 가주가 보는 앞에서 앉은뱅이인 하인이 자결을 한 겁니다. 가주가 보는 앞에서."

"왜요?"

"어째서……?"

너무나 충격적인 말이기에 자신도 모르게 재중에게 물어봤다.

하지만 본인들은 자신이 물어봤다는 것도 인지하지 못하는 듯했다.

"자신의 목숨을 대가로 영애를 다시 귀족가의 집에서 살 수 있도록 해달라는 뜻이었으니까요."

"말도 안 돼요……."

"어째서 그런 선택을……?"

캐롤라인과 천서영은 야반도주를 해서 살 만큼 서로 좋아하던 그들이 자기 발로 되돌아온 것도 이해가 가지 않았었다.

그런데 하인이 와서 영애를 부탁하면서 자살을 했다는 것은 더더욱 납득이 가지 않는 것이다.

"자, 그럼… 여기서 한 가지 물어보겠습니다. 두 분은 만약에 모든 것을 버리고 살던 자신이 병이나 아니면 다른 이유로 인해 더 이상 사랑하던 사람에게 도움이 아닌 짐이 된다면 어떻게 하시겠습니까?"

"……."

"……."

순간 재중의 돌발적인 질문에 천서영과 캐롤라인은 약속이나 한 듯 입을 다물어 버렸다.

천서영과 캐롤라인은 서로 얼굴을 쳐다보았지만 곧 고개를 돌려 버렸다.

사실 이건 정답에 가까운 대답이 있긴 했다.

하지만 재중이 원하는 것은 자신들의 진심이라는 것을 은연중에 느꼈기에 고민할 수밖에 없는 것이다.

하지만 이내 캐롤라인은 당차게 재중을 쳐다보면서 대답했다.

"정말 짐이 된다면 제가 아는 모든 것을 동원해서라도 사랑하는 사람만큼은 지킬 거예요."

캐롤라인은 시우바 회장의 손녀답게 당차게 대답했지만 천서영은 그런 모습에도 고민을 하는 듯하다가 대답을 하지 못했다.

주입식으로 교육을 받고 자신의 생각이나 의견에 대해서는 거의 말해본 적이 없는 천서영이다.

그녀에게 지금 재중의 질문은 세상 그 어떤 질문보다 어려웠던 것이다.

반면 재중은 캐롤라인의 대답에 가만히 그녀를 바라보다가 씨익 웃었다.

진심이라는 것이 눈동자에서 보였으니 말이다.

재중은 다시 입을 열어 이야기를 시작했다.

"그 두 사람이 왜 자기 발로 귀족가로 돌아갔는지 궁금하다고 했죠? 사실 귀족의 영애는 앞을 보지 못했기에 자신이 가는 길이 도망쳤던 그 집으로 되돌아가는 것이라고는 전혀 모르고 있었습니다. 오직 영애의 등에 업혀 있던 하인만 알고 있었으니까요. 그리고 하인은 자신이 허리 아래가 더 이상 움직이지 않는다는 것과 함께 발부터 몸이 썩어 들어가고 있다는 것을 알고 영애의 집으로 되돌아갔습니다……."

"그러니까 어째서 그런 거죠? 죽을 때까지 같이 있어야 하잖아요."

캐롤라인이 따지듯이 물었다.

죽고 못 살아서 귀족의 영애라는 것도 버리고 도망쳐서 살 만큼 서로 좋아했다면 당연히 죽더라도 같이 죽어야 한다고 생각했다.

한데 갑자기 귀족가로 되돌아갔다니 하인의 행동이 도무지 이해가 가지 않는 것이다.

하지만 캐롤라인의 물음에 재중은 피식 웃음이 날 수밖에 없었다.

현실을 너무 모르는 꿈같은 이야기를 하고 있으니 말이다.

하인이 죽고 없어진, 아니, 혼자 일어서지도 못하는 남자와 앞을 못 보는 여자가 있다면 과연 주위에서 가만히 둘까?

어림도 없는 소리다.

지금 재중이 하는 말은 실제로 대륙에서 재중이 직접 영애와 하인을 만나고 지켜본 현실이었다.

하인이 굳이 자신이 죽을 각오를 하고서까지 앞을 보지 못하는 영애를 귀족가로 되돌려 보낸 것은 모두 그녀를 살리기 위한 어쩔 수 없는 선택이었다.

귀족이 다스리는 대륙에서 앞 못 보는 영애는 근처의 남자들에게 그저 성욕 처리를 위한 암컷일 뿐이었다.

앞을 보지 못하니 그들이 저지른 짓도 들킬 리가 없다.

특히나 곱게 자라 미색이 뛰어난 영애였다.

가뜩이나 주위에서 노리는 사람이 많았던 것이다.

사실 하인이 하반신 마비가 된 것도 살던 마을에 있던 어떤 놈이 두 사람에게 독을 써서 그렇게 된 것이었으니 말이다.

남자는 서서히 죽어가지만 여자는 그저 시력을 잃거나 귀머거리가 되는 특이한 독이었다.

당연히 하인도 그것을 눈치챘다.

하인은 자신의 몸에 이상이 있다는 것을 느끼는 순간 누군가 영애를 노렸다는 것을 직감적으로 알았다.

거기다 독으로 인해 발끝부터 살이 썩기 시작하는 것을 깨달았을 때는 이미 되돌릴 수 없는 상황이 되어버렸다.

하인은 자신의 목숨이 길어봐야 일주일이라는 것을 알고는 영애의 등에 업혀서 귀족가로 간 것이다.

앞을 보지 못하는 영애를 지켜줄 유일한 집으로 말이다.

"캐롤라인 씨는 자신이 앞을 보지 못하고 숨어 지내는 처지라면 어떨까요? 과연 주변 남자들이 당신을 가만히 놔둘까요?"

"그야… 아니겠죠……."

브라질의 치안 불안은 이미 세계적으로도 많이 알려진 사실이었다.

월드컵 준비를 하는 지금도 브라질 언론에서 대놓고 자국의 치안 상태를 지적하면서 불안하니 여행할 때 조심하라는 말을 하고 있을 정도였다.

브라질의 치안이 어느 정도인지는 더 이상 굳이 설명하지 않아도 될 것이다.

사실 브라질 치안이 대륙의 치안과 비교해 조금 더 낫다뿐이지 한국과 비교하면 많이 문제가 있는 편이었으니 말이다.

캐롤라인이 그걸 모를 리가 없었다.

앞을 못 보는 미색이 뛰어난 여자가 동네에 있다면 그걸 그냥 두고 볼 남자가 과연 몇이나 될까?

조용히 납치해서 묶어버리고 덮치면 아무도 모를 텐데 말이다.

거기다 숨어 지낸다는 조건에는 어딘가에 신고를 하지도 못한다는 것까지 포함되어 있으니 한마디로 최악의 상황인 것이다.

두 사람은 그 말을 듣고서야 왜 하인이 자신이 자살하면서까지 영애를 귀족가의 집으로 되돌려 보냈는지 이해가 되었다.

"그럼… 하인은 그녀를 살리기 위해서 스스로 죽은 거군요… 하인이 죽어버린다면 귀족가에서도 영애를 향해 책임을 따질 수는 있지만 버리지는 못할 테니까요."

"그렇죠, 세상에는 여러 가지 사랑이 있다고들 하죠. 하지만 전 하인과 영애의 사랑이 정말 사랑이라고 생각합니다. 제가 생각하는 사랑은 그런 거니까요."

"……."

"……."

캐롤라인과 천서영은 재중의 말에 그저 말없이 입을 다물었다.

너무 극단적인 사랑을 예로 들어서 들려주니 순간 멍한 표정이 되어버린 것이다.

"후후훗… 정말 극단적이네요……. 재중 씨의 사랑은."

천서영의 뜻하지 않은 질문으로 시작된 이야기였지만 캐롤라인으로서도 소득이 없지 않았다.

방금 이야기로 어느 정도 재중의 성격을 파악할 수 있게 되었으니 말이다.

다가가기는 극도로 까다롭지만, 한번 품 안에 들어가면 그 누구보다 믿을 수 있는 사람이라는 정도였다.

조금이지만 그것만으로도 캐롤라인은 제법 큰 것을 얻은 셈이었다.

하지만 캐롤라인과 달리 천서영은 시종일관 입을 다물고 듣기만 하면서 무슨 생각을 그리하는지 눈동자가 심하게 흔들리기만 했다.

"자… 그럼 이제 무거운 이야기는 그만하고, 재중 씨가 이성으로 관심이 없다고 해도 제가 할아버지에게 부탁받은 가

이드인 것은 변함이 없죠?"

뭔가 갈등과 고민이 가득한 천서영과 달리 면전에서 거절을 했는데도 전혀 기죽지 않는 캐롤라인이었다.

아니, 오히려 승부욕이 발동했다고 해야 하나? 도전 의식을 불태운다고 해야 하나.

아무튼 캐롤라인이 묘하게 힘이 가득한 모습으로 재중에게 물어보자 재중도 고개를 끄덕였다.

이성으로 관심이 없을 뿐이다.

객관적으로 천서영과 캐롤라인이 굉장한 미인인 것은 재중도 인정하는 것이니 말이다.

"그럼 리우데자네이루로 가서 예수상을 보고 꼬빠까바나 해변에 한번 가보는 건 어때요?"

"해변이요?"

재중은 조금 전에 해변에서 서핑을 그렇게 했는데 또 해변을 가자는 말에 고개를 갸웃거렸다.

캐롤라인이 안내를 하면서 해변을 두 번이나 가자고 할 만큼 무책임한 것 같지는 않았는데 또 해변을 가자고 하니 이상한 것이다.

재중이 의아해 되물어보자 캐롤라인이 답했다.

"재중 씨 혹시 축구 할 줄 알아요?"

"뭐… 그야……."

한국 남자치고 축구를 해본 적이 없다면 그건 거짓말일 것이다.

군대 가서도 지겹도록 하는 게 축구였으니 말이다.

물론 재중도 정식으로 축구를 배운 적은 없다.

하지만 막노동을 따라다니며 공사장을 전전하면서 자주 했던 것이 축구였다.

당연히 해본 적이 있었다.

또 우연히 막노동 아르바이트생으로 온 녀석이 실제 축구선수 생활을 했던 적이 있어서 나름 대로 조금 배운 적도 있었다.

재중이 두루뭉술하게 대답하자, 캐롤라인이 기회라는 듯 물었다.

"혹시 좋아하거나 만나고 싶은 축구 선수는 없어요?"

재중이 축구를 할 줄 안다고 하자 눈을 반짝거리면서 캐롤라인의 전매특허인 얼굴을 들이미는 모습이었다.

물론 어린애처럼 반짝이는 눈동자를 보면 얼굴을 상대에게 들이대는 것이 그냥 습관일지도 모른다는 생각이 들긴 했지만 말이다.

"딱히……."

사실 재중은 축구 선수 누가 유명한지 알지도 못했다.

사는 것이 바쁘고 연아를 찾아다니면서 정신이 없는 생활을 했으니 말이다.

거기다 대륙으로 갔다가 되돌아오면서 시간적 괴리까지 생겨 10년이란 시간을 점프해 버린 상황이다.

축구 선수에 대해서는 거의 문외한이라고 해도 마찬가지였다.

물론 캐롤라인은 그런 재중의 사정을 알 리가 없었다.

그러다보니 무덤덤한 재중의 반응에 잠깐 실망한 듯한 표정을 짓게 되었다.

하지만 잠시 뒤, 캐롤라인이 그래도 이 사람은 알지 않겠냐는 듯 재차 물었다.

"레오나르도 실바는 어때요?"

"헉!!"

"……?"

캐롤라인은 재중이 놀라길 바라는 마음에 레오나르도 실바의 이름을 말했는데 정작 감탄사는 옆에 있던 천서영에게서 들렸다.

재중은 여전히 누군지 모르는 표정이었다.

"헐… 정말 레오나르도 실바를 몰라요?"

이번엔 캐롤라인이 아니라 오히려 천서영이 재중에게 되물었다.

그 모습에 캐롤라인은 재중이 정말 모른다는 것을 알고는 뒤늦게 놀라워할 수밖에 없었다.

"축구 좀 한다는 사람은 다 알거라고 생각했는데… 서영 씨도 아는 걸 보면."

"유명한가 보죠?"

재중이 레오나르도 실바를 모르면 안 되는 건가요? 라고 묻는 듯 오히려 되물어봤다.

"……."

"……."

천서영과 캐롤라인은 재중이 과연 어느 별에서 왔는지 궁금한 표정들이었다.

브라질 월드컵으로 인해 워낙에 언론에서 떠든 것도 있지만, 사실 천서영이 레오나르도 실바를 아는 데는 다른 이유가 있었다.

다름 아니라 천산그룹에서 실바를 고용해 광고를 찍어서 대박을 쳤기 때문이었다.

실바가 차는 공을 노트북으로 막아내는 실제 장면을 찍어 광고로 쓰면서 자신들 제품이 그만큼 튼튼하다는 것을 어필한 광고였다.

국내 노트북 쪽에서 선두를 차지한 광고였으니 한국에서도 꽤 유명한 사람이 바로 레오나르도 실바였다.

당시 실시간 순위를 일주일 넘게 드나들면서 사람들 입에

오르내렸을 정도였으니 말이다.

하지만 안타깝게도 그건 재중이 지구로 넘어오기 2년 전의 이야기였다.

재중은 모르는 게 당연했다.

"예수상이 내려다보이는 꼬빠까바나 해변이 바로 레오나르도 실바가 태어나고 자란 곳이에요, 그리고 제가 제법 친해서 오늘 그곳에서 만나자는 약속을 했는데 어때요?"

"진… 짜요?"

천서영은 문제의 광고를 찍을 때 미국에 있었기에 레오나르도 실바의 얼굴을 직접 본 적은 없었다.

레오나르도 실바가 한때 북미와 유럽에서 애인으로 삼고 싶은 남자 1위를 2년 동안 연속으로 차지할 만큼 유명했기에 천서영은 놀람을 감출 수 없었다.

반면에 재중은 그냥 유명한 사람이 오는 거구나~ 하는 정도의 표정이었다.

물론 그런 재중의 표정을 본 캐롤라인은 자신을 거절한 재중에 대한 작은 복수를 계획 중이었고 말이다.

"가죠~ 가는 동안 제가 레오에게 연락해 놓을 테니까요."

얼핏 들어도 레오나르도 실바의 애칭 같은 이름을 편하게 부르는 것을 보면 제법 친한 것 같았다.

차를 타고 가는 도중에 통화를 하는데도 캐롤라인과 실바의 친분이 엿보였다.

"나야, 나 지금 꼬빠까바나 해변으로 가니까 거기서 보자~ 끊어~"

뚝!

그걸로 끝이었다.

"많이 친한가 봐요……?"

천서영이 슬쩍 물어보자 캐롤라인은 씨익~ 웃으면서 말했다.

"뭐, 어릴 때부터 같이 컸던 사이라 편해요."

"어릴 때면… 소꿉친구예요?"

"…소꿉친구?"

브라질에서는 소꿉친구라는 말이 없기에 캐롤라인이 이해하지 못하고 되물었다.

잠시 천서영이 설명을 하자 그제야 알아들은 듯 고개를 끄덕였다.

"아~ 맞아요. 소꿉친구예요."

"그렇구나……."

"후후후훗… 소꿉친구라… 괜찮은 표현이네요, 후후훗……."

캐롤라인은 천서영에게 들은 소꿉친구라는 말이 묘하게 마음에 드는지 몇 번이나 중얼거렸다.

그렇게 얼마간 잡담을 하면서 도착한 곳은 브라질에서 가장 유명한 곳, 세계에서 5번째로 큰 동상이 있는 곳, 그리고 최근 2007년 7월에 만리장성, 페트라 등과 함께 신(新) 7대 불가사의에 선정된 그리스도 상이 있는 리우데자네이루였다.

Chapter 04
천재?

"처음 봤는데… 굉장하군요."

천서영은 산꼭대기에 우뚝 솟아 있는 그리스도상을 보며 자신도 모르게 감탄사를 뱉었다.

그러면서 한참 동안이나 고개를 든 채 그리스도상을 쳐다보기만 했다.

물론 재중도 그리스도상을 보고 대단하다는 생각은 했지만 천서영과는 달리 한 번 쳐다보고 그걸로 끝이었지만 말이다.

당연히 그런 재중의 모습을 옆에서 지켜보던 캐롤라인은

예상했던 것과 다른 재중의 반응에 질문을 던졌다.

"재중 씨는 다른 종교 믿으세요?"

보통 그리스도상을 보고 그닥 반응이 없는 경우 다른 종교를 가진 사람이 많았기에 물어본 것이다.

거기다 한국은 불교가 많이 퍼진 나라였고, 기독교 신자만큼 불교 신자도 많은 곳이라고 알고 있었다.

나름 한국을 공부했던 캐롤라인이 물어보자 재중이 고개를 저었다.

"아뇨, 전 신은 믿지만 종교는 믿지 않아요."

"네? 그게 무슨 말이에요?"

신은 믿지만 종교는 믿지 않는다는 말에 캐롤라인이 고개를 갸웃거렸다.

뭔가 이상한 말로 들렸으니 그럴 만도 했다.

"종교를 만든 것은 신이 아니니까요."

"……?"

뭔가 많은 의미를 담은 듯한 말이지만 더 설명하지 않고 그저 그 말을 끝으로 웃어버리는 재중이었다.

사실 재중이 신을 믿는 것도 대륙에서 신성력을 직접 봤기 때문이다.

처음에는 신의 존재조차도 믿지 않았던 것을 생각하면 많이 발전한 것이다.

부모님의 죽음, 삼촌에게 버림받은 일, 여동생의 행방불명, 그리고 시작된 길거리 생활.

살기 위해 몸부림치던 재중의 인생에서 신이란 그저 욕하는 존재에 불과했었다.

그나마 대륙에서 신성력을 보고서야 신이 존재한다는 것을 깨달았을 뿐, 여전히 종교는 믿지 않는 편이었다.

어차피 종교를 만든 것은 신이 아니라 인간이었으니 말이다.

그리고 재중은 그 인간을 믿지 못했다.

빈틈을 보이면 잡아먹을 듯 달려드는 녀석만 가득한 길바닥에서 살았던 재중이다.

그에게 인간은 딱 두 종류였다.

자신을 어떻게든 이용해서 써먹고 버리려는 사람, 그리고 자신을 아예 모르는 사람, 이렇게 말이다.

상황이 이러니 재중이 인간을 믿는다는 것이 사실상 불가능한 게 당연했다.

특히나 어린 시절을 그렇게 살았던 재중은 아마 연아를 찾겠다는 목표가 없었다면, 지금쯤 어떤 인생을 살고 있을지 그 누구도 장담하지 못했을 것이다.

띠리리리~

"응?"

30분가량 그리스도상을 보면서 리우데자네이루가 한눈에 내려다보이는 주변 경치를 감상하는데 감상을 깨뜨리는 소리가 들렸다.

소리가 들린 쪽으로 천서영과 재중의 시선이 모였다.

모두의 시선을 받은 캐롤라인은 황급히 전화를 꺼내다가 액정에 뜬 글자를 보고는 눈웃음을 지었다.

"아~! 왔어? 알았어. 지금 바로 갈게."

뚝!

캐롤라인이 그렇게 전화를 끊어버리더니 천서영과 재중을 보면서 입가에 미소를 띠웠다.

"레오가 지금 꼬빠까바나 해변에 와 있다네요. 가죠."

"정말요?"

천서영은 세계에서 유명한 축구 선수이자 브라질의 영웅으로 알려진 레오나르도 실바를 직접 본다는 것에 조금 흥분한 듯했다.

물론 재중은 그냥 그런가 보다~ 하는 정도지만 말이다.

'훗! 과연 레오와 축구를 하고 나서도 저런 표정을 지을 수 있을까요, 재중 씨? 후후후후~'

캐롤라인은 앙큼하게도 자신과 친한 축구 천재, 레오나드도 실바와 재중이 축구를 하도록 만들려고 모종의 계획을 실행한 상태였다.

캐롤라인이 실바와 전화를 한 것은 맞지만 전화를 끊고 나서가 문제였다.

캐롤라인은 전화를 끊은 뒤 조용히 문자를 보내 한국에서 알려지지 않은 축구 천재가 왔다는 말을 전한 것이다.

레오나르도 실바를 자극해서 어떻게든 재중과 축구 시합을 하도록 만들기 위해서 말이다.

한마디로 지금 레오나르도 실바는 재중이 한국의 엄청난 축구 천재고, 브라질 축구를 알기 위해서 오는 걸로 알고 있었다.

물론 캐롤라인은 거기에 더해 재중이 자신을 찬 남자라는 것도 잊지 않고 알려줬다.

은근히 캐롤라인을 마음에 두고 있는 레오나르도 실바의 전투력을 극도로 끌어 올리기 위해서 말이다.

자신을 좋아하는 레오나르도 실바의 마음까지 재중에게 복수하는 것에 이용하는 캐롤라인.

확실히 성격이 독특했다.

* * *

"이게 꼬빠까바나 해변……?"

천서영이 꼬빠까바나 해변을 보고는 고개를 갸웃거렸다.

뒷자석에 앉아 있던 재중이 그녀의 의문을 알았는지 나직이 중얼거렸다.

“부산 해운대를 길게 늘려놓은 것 같군요.”

“아, 맞아요! 부산 해운대랑 너무 비슷한 느낌이었어요.”

해변 바로 옆에 높은 건물이 많은 것과 도로 바로 옆에 해변이 연결된 것, 그리고 길게 늘어진 해변이 그리 넓고 깊진 않지만 충분히 놀 만큼은 되는 모습이 묘하게 부산의 해운대와 데자뷰처럼 겹쳐 보인 것이다.

물론 해운대보다 물이 투명하게 맑고 서너 배는 길어 보이는 해변의 길이가 다르긴 했지만 말이다.

“파라솔이 없는 게 인상적이긴 하네요… 후후훗…….”

꼬빠까바나 해변의 첫 느낌은 확실히 부산 해운대가 데자뷰 되었지만 막상 가까이 가서 도착해 본 해변은 완전히 다른 느낌이었다.

잘 정리된 도로와 인도, 노점상이라고는 불과 서너 개가 불과할 만큼 떨어져 있는 게 그랬다.

또 부산의 해운대라면 해변을 가득 메웠을 명물이자 흉물이기도 한 비치파라솔이 없고 대신 야자수가 도로의 가로수처럼 가득 늘어선 것이 완전 다른 느낌을 주었으니 말이다.

정말 해변에 놀러 왔다는 느낌?

그런 느낌을 가득 주는 곳이었다.

거기다 이곳이 브라질 사람들이 산책이나 운동을 위해서

거의 동네 공원 찾아오듯 쉽게 다니는 곳이라는 것치고는 너무나 깨끗했다.

"캘리!"

"아~ 레오~~"

주차장에 차를 두고 해변 입구에 도착하자마자 캐롤라인을 부르는 목소리가 있었다.

건장한 구릿빛 피부에 선글라스를 끼고 모자를 쓴 멋진 몸매의 레오나르도 실바가 캘리를 알아보고 손을 흔들고 있었다.

캐롤라인도 실바를 금방 알아봤다.

사실 캐롤라인도 그렇고 레오나르도 실바도 그렇고 워낙에 몸매가 우월하다 보니 웬만해서는 알아보지 못하는 게 더 이상할지도 몰랐다.

"안녕하세요."

천서영이 살짝 긴장한 듯 먼저 인사를 건네자,

"오우~ 이런 미인이, 만나서 반가워요."

라고 말하면서 양팔을 번쩍 들어 천서영을 안으려는 듯한 행동을 취한 레오나르도 실바였다.

하지만 실바가 천서영을 안기 전, 캐롤라인이 적절하게 레오나르도 실바의 손목을 잡아버렸다.

"레오… 너 아직도 그 버릇 못 고쳤구나."

"왜?"

레오나르도 실바가 오히려 영문을 모르겠다는 듯 고개를 갸웃거리는데, 그 모습이 너무나 순수해 보였다.

"아시아 쪽은 처음 보는 여자를 껴안으면 변태 취급 받아."

"헉!!! 정말이야?"

"당연하지. 네 주변에 널린 여자들한테 하던 버릇대로 하면 큰일 나, 이 친구야~"

마치 동생을 나무라는 듯 너무나 편하게 레오나르도 실바를 대하는 캐롤라인의 모습이었다.

두 사람은 잠시 툭탁거렸지만 곧 레오나르도 실바의 시선이 재중을 향했다.

"당신이 캘리를 찼다고 들었는데……?"

겨우 고개를 돌렸을 뿐인데 천서영에게 보여주던 순진한 표정과 모습은 감쪽같이 사라져 버렸다.

대신 맹수가 자신의 영역에 들어온 다른 동물을 쳐다보는 것 같은 투지가 넘쳐 보였다.

다만 이런 레오나르도 실바의 도발은 재중에게 아무런 감흥을 주지 못했다.

레오나르도 실바의 도발쯤은 재중에게는 눈앞에 파리가 날아다니는 것보다도 못한 수준에 불과했다.

재중은 물끄러미 레오나르도 실바의 눈을 마주하고서는 담담히 대답했다.

"제 취향이 아니었을 뿐이니까요."

"허~~!! 캘리가 취향이 아니라니……."

집안이면 집안, 몸매면 몸매, 얼굴이면 얼굴, 무엇 하나 빠지지 않는 캐롤라인이 아닌가?

실바도 자신의 여자로 만들고 싶은 욕심에 최고의 선수로 우뚝 솟아서 어디에서도 기죽지 않을 명성과 힘을 쌓고 나서야 캐롤라인에게 고백한 적이 있었다.

물론 박장대소를 한 캐롤라인이 남자로 본 적이 없다는 말과 함께 단칼에 차버렸지만 말이다.

그런데 지금 눈앞에 있는 재중은 그런 캐롤라인을 찼다고 하는 것이다.

남자로서 오기와 함께 묘한 승부욕이 끓어오르는 것은 당연했다.

특히나 승부욕에서는 둘째가라면 서러워할 만큼 강한 실바다.

더더욱 재중이 마음에 들지 않으면서 묘하게 찍어 누르고 싶은 욕구가 생겼다.

"공 한번 차보겠어?"

가벼운 도발?

아니, 실바는 자신이 가장 잘하는 것으로 재중을 찍어 누르겠다는 조금은 불공평한 도발을 한 것이다.

실바는 당연히 자신을 안다면 재중이 이런 도발에 물러설 것이라고 생각했다.

실바는 세계 최고의 스트라이커였다.

재중이 한국에서 축구 천재라고 하지만 딱 봐도 그저 마른 보기 좋은 체형이었기에 축구로 자신을 상대한다는 것은 어림도 없다고 판단했으니 말이다.

즉, 재중이 실바 자신의 도발을 거절하는 것으로 가볍게 재중에게서 이겼다는 승리감을 얻으려 했었던 것이다.

그런데 의외로 재중이 입가에 미소를 짓더니 대꾸했다.

"1:1?"

"오~"

실바는 설마 자신의 도발에 재중이 넘어올 것이라고는 생각지 못했기에 놀란 표정을 지었다.

"내가 누군지는 알고 있겠죠?"

"레오나르도 실바, 현 브라질 국가대표이자 공격수, 그리고 작년 레알 마드리드로 이적 후 36골을 몰아넣은 최고의 스트라이커 아닌가요?"

"그런데 지금 나랑 1:1 축구를 하겠다니……. 이거 용기를 칭찬해야 되는 건지 아닌지 모르겠군요. 하하하하하하~!"

실바는 설마 재중이 자신에 대해서 저토록 자세히 알고서도 1:1 축구 시합에 응했다는 것에 뭔가 묘한 기분이 들었다.

반면 캐롤라인과 천서영은 동그랗게 눈을 뜨고서는 재중에게 질문했다.

"알고… 있었어요?"

"헤에… 알면서도 모른 척한 거였어요?"

조금 전 실바에 대해 말할 때 정말 모르는 듯한 행동과 표정, 그리고 반응으로 일관했기에 당연히 재중이 레오나르도 실바에 대해서는 그다지 아는 것이 없다고 생각했었다.

그런데 뜻밖에도 재중이 어느 정도 축구를 좋아하고 실바에 대해서 아는 사람들은 알 만한 정보는 모두 알고 있었던 것이다.

"뭐……."

재중은 천서영과 캐롤라인의 반응에 별거 아닌 것처럼 표현했다.

하지만 사실 방금 전 재중의 그림자가 아주 살짝 흔들렸다는 것을 아는 사람은 재중 외에는 아무도 없었다.

—마스터, 굿 잡~!

'후후후후훗… 녀석 하고는.'

재중은 은밀하게 테라가 말해준 것을 그대로 따라했을 뿐이었고, 그걸 아는 사람은 오직 재중과 테라 둘뿐이었다.

Chapter 05
천재와 괴물의 축구 시합

잠시 후, 레오나르도 실바가 어디선가 축구공을 빌려왔다.

그런데 공 디자인이 너무나 독특했다.

가장 큰 특징은 6개의 바람개비 모양의 패널이 서로 둘러싸고 있는 듯한 모양으로, 재중은 처음 보는 축구공이었다.

하지만 캐롤라인은 공을 보자마자 놀라서 물었다.

"브라주카를 들고 오다니… 너 진심이야?"

"브라주카?"

"이거 이번 브라질 월드컵 공식 공인구거든요. 뭐, 이 녀석이야 대표 스트라이커라 차 안에 널린 게 이거지만. 쩝… 설마 진심으로 할 줄은……."

사실 캐롤라인은 실바가 재중을 약간만 상대해 주었으면 하는 마음이었다.

그런데 일이 이상하게 흘러가더니 실바가 진심이 되었는지 자신의 차에서 대표팀에서 쓰는 브라주카를 가져와 버렸다.

사실 브라주카가 공인구이면서도 18만 원에 가까운 비싼 가격이어서 브라질 사람들도 실제로 차고 노는 경우는 거의 없는 편이었다.

빈부의 격차가 극심한 브라질이인데 공 한 개에 18만 원 정도 하는 걸 차고 논다?

있을 수 없는 일이었다.

가뜩이나 물가도 비싼데 말이다.

"와, 브라주카다!"

"진짜네!"

역시나 축구에 살고 축구에 죽는다는 브라질 사람들답게 단번에 브라주카를 알아보고는 시선이 집중됐다.

하지만 공에 집중되던 시선은 곧 레오나르도 실바에게로 향했다.

"레오나르도 실바!!!"

"오~~ 마이 갓!!!"

"말도 안 돼!! 레오나르도 실바가 이곳에 있다니!!"

실바를 알아본 사람 몇 명이 소리쳤을 뿐인데, 재중 일행이 사람들에 둘러싸인 것은 순식간이었다.

물론 둘러싸기만 했을 뿐, 달려들거나 그러진 않았다.

짝!!

그때 갑자기 모여 있는 사람들을 향해 손뼉을 친 실바가 큰 소리로 말했다.

"여기 한국에서 온 청년과 1:1 축구를 하기로 했는데 이렇게 모이시면 좀 곤란합니다……."

딱 한마디였다.

그런데 이건 모세의 기적도 아니고, 순식간에 사람들이 갈라지더니 해변을 향한 길이 뚫려 버린 것이다.

"대단하네요……."

천서영이 감탄해서 중얼거렸다.

지금 이곳에 자신들을 둘러싼 사람의 숫자가 얼추 세기만 해도 4~50명은 되어 보였는데 그 전원이 실바의 한마디에 길을 열어주는 장면은 신선한 충격이었으니 말이다.

반면 재중은 입가에 미소를 지으면서 실바를 조금 다시 봤다.

그저 스타 플레이어라는 점에 취해서 자기 잘난 맛에 사는 녀석인 줄 알았는데 의외로 사람들의 신임이 두터웠던 것이다.

물론 성격이 좀 급하고 약간 다혈질인 경향이 있긴 하다.

하지만 스트라이커라는 특성상 승부욕이 있어야 한다는 조건을 생각하다면 방금 모습은 의외로 실바가 자기 자신을 제대로 컨트롤하고 있다는 증거였다.

스타 플레이어 중에는 자기 잘난 맛에 사는 사람도 많다.

하지만 진짜 스타는 사람들이 먼저 알아보고 따르는 법이다.

그리고 지금 이 모습이 진정한 스타의 모습인 것이다.

하지만 지금 실바의 말로 인해서 재중은 뜻하지 않게 많은 사람이 지켜보는 가운데 브라질의 자랑인 레오나르도 실바와 1:1 축구를 해야 하는 상황이 벌어져 버렸다.

"이게 아닌데……."

천천히 모래사장으로 걸어가는 실바, 재중과 달리 뒤에서 따라가는 캐롤라인은 일이 커져도 너무 커져 버려 당황하는 중이었다.

본래 계획은 자신을 찬 배짱 좋은 재중의 기를 살짝 죽이려고 했던 거였다.

그런데 어쩌다 보니 실바를 알아본 사람들 때문에 한국과 브라질의 경기가 되어버린 것이다.

물론 1:1 축구여서 그다지 큰 의미가 없긴 하다.

하지만 레오나르도 실바가 직접 뛴다는 것 때문에 눈덩이처럼 계속 불어난 상황은 이제는 그 누구도 막을 수 없는 지경이 되어버렸다.

거기다 해변에 있던 사람이 다 모였는지 불과 10여 분 만에 해변은 사람으로 가득 차버렸고 말이다.

근처에서 가게를 하는 상인들조차도 실바를 보기 위해서 가게 문을 일시적으로 닫고 해변가에 모였으니 더 이상 설명이 필요 없을 정도였다.

"이쯤에서 포기하는 게 어때?"

실바는 재중을 보면서 슬쩍 한마디 했다.

사실 자신의 욱하는 성격에 시작하긴 했지만, 누가 봐도 재중이 불리한 상황이었다.

지금이라도 재중이 포기하면 자신의 장난이었다고 하고 사람들을 돌려보내려는 것이다.

프로 축구 선수와 일반인의 축구 시합도 불 보듯 뻔한데 상대는 브라질의 영웅인 레오나르도 실바였다.

이곳에 모인 사람 전원이 재중이 실바와 시합을 한다는 것에 흥미를 느끼고는 있지만 실바의 승리를 의심하는 사람은 그 누구도 없었다.

그러니 실바가 이런 말을 하는 것도 어쩌면 당연했다.

하지만 의외로 재중은 실바의 손에 있던 브라주카를 받아들더니 조용히 공을 살필 뿐이었다.

"공에 돌기가 나 있군요."

공을 살펴보던 재중이 한마디 하자,

"비가 와도 골키퍼가 잡기 편하도록 특별하게 만든 공이니까."

실바가 바로 대답했다.

하지만 재중은 그것뿐만이 아니라는 것을 눈치챈 상태였다.

"스트라이커가 공을 찰 때 마찰력도 높여주니 컨트롤이 쉬워지기도 하겠군요."

브라주카의 표면에 나 있는 돌기의 용도를 정확하게 알아챈 재중에게 실바는 살짝 놀랐다.

실바가 그것도 아느냐는 표정으로 쳐다보았지만 재중은 별다른 반응을 보이지 않았다.

그저 어떤 룰을 원하느냐고 묻는 듯 실바를 바라보며 도로 브라주카를 던져주었다.

"5점? 아니면 10점?"

"호홋… 대단한 자신감이군그래. 10점!"

원래는 5점으로 빠르게 끝내려고 했던 실바였다.

하지만 재중의 저 알 수 없는 자신감과 여유 있는 표정과 몸짓이 이상하게 신경에 거슬려서 10점으로 바꿔 버렸다.

그리고 경기는 시작되었다.

*　　　*　　　*

"뭐… 지?"

실바는 처음 시작하면서 재중에게 선공을 주었다.

물론 재중의 성격상 그런 것을 거절할 리도 없으니, 바로 공을 받고 서로 마주한 것까지는 모두가 기억하는 장면이었다.

그런데,

삑!

캐롤라인이 시작 신호를 알리는 순간,

뻥!

철렁~

재중의 발이 브라주카를 때렸고, 공이 대서양을 가르는 듯 하늘 높이 치솟다가 갑자기 뚝 떨어지더니 정확하게 골대 안으로 들어가 버린 것이다.

"무… 회전 슛……!"

실바는 지금 재중이 찬 슛이 어떤 건지 감각적으로 단번에 알아챘다.

하지만 오히려 알아채는 순간 더욱 놀랄 수밖에 없었다.

마치 야구의 홈런처럼 높이 날아오른 공이 갑자기 하늘에서 뭐가 내려친 듯 뚝 떨어지는 경우는 딱 2가지뿐이었다.

바로 공에 회전을 주지 않는 것과 반대로 엄청난 회전을 주는 것.

하지만 사실 무회전 슛이라고 해도 보통 슛을 할 때보다 극도로 회전이 느릴 뿐, 약간은 회전을 하는 것이 일반적이었다.

이론적으로는 완전히 회전을 하지 않는 슛이 가능하지만 인간의 몸으로 그걸 완벽하게 실현하기란 힘들었으니 말이다.

야구의 너클볼과 원리가 완전히 동일한 것이 바로 무회전 슛이다.

하지만 실제로 재중이 찬 것처럼 저렇게 급격하게 공이 떨어지는 경우는 아직 축구 역사상 단 한 번도 없었다.

그렇기에 실바도 처음에는 바나나 슛으로 생각했었다.

그러나 재중이 공을 때리는 순간 공이 전혀 회전을 하지 않고 그대로 떠서 날아오르는 것을 보았기에 무회전 슛으로 생각을 바꾼 것이다.

방금 재중이 찬 무회전 슛은 완전히 골대를 한참 벗어날 듯 높이 치솟다가 마치 폭포에서 물이 떨어지듯 뚝~! 떨어졌기에 실바가 이처럼 놀랄 수밖에 없었다.

관중들도 난리가 난 상태였다.

"무회전 슛 처음 봤는데… 저런 거였어?"

"말도 안 돼… 저걸 어떻게 막아……."

재중의 무회전 슛은 이론적으로 가능하다고 알려진 절대 무회전 슛이었다.

그러다 보니 브라주카가 정지한 채로 하늘로 떴다가 떨어지는 것을 모두가 볼 수 있었기에 관중들도 알아볼 수밖에 없었다.

그리고 결정적으로 동영상을 찍은 사람들 덕분에 확실히 무회전 슛이라고 결정이 나버렸다.

이곳에 모인 브라질 사람들은 만약에 저 슛이 프리킥으로 찬 거였다면 어떨지 생각하니 온몸에 소름이 돋을 지경이었다.

재중이 찬 절대 무회전 슛은 절대로 막을 수 없는 공이라는 것을 축구를 조금이라도 했다면 누구나 공통적으로 느끼고 있었으니 말이다.

일반 관중들이 이 정도로 충격을 받았는데 직접 마주한 실바는 어느 정도였을까?

지금 그것은 표정으로 모두 드러나 있었다.

"정말… 천재였군그래……. 천재……."

멍한 듯 자신의 골대에 있는 브라주카를 보다가 곧 입가에

미소를 띠더니,

"재미있어… 정말 재미있어 후후후훗."

오히려 재중의 완전 무회전 슛을 보고서도 승부욕이 불타기 시작한 실바였다.

그리고 이번에는 반대로 마주했다.

"받았으면 답례가 있어야겠지."

뻥!

철렁!

실바의 발이 브라주카에 맞는 순간 옆으로 크게 뻗어나가더니 무언가에 이끌린 듯 안쪽으로 급격하게 휘어지면서 이번에는 재중이 막아선 골대 안으로 깨끗하게 들어가 버렸다.

"UFO 슛이다!!"

"미쳤어, 저건!! 어떻게 저렇게 휘어!!"

실바가 찬 UFO 슛은 일반적으로 위에서 아래로 곡선으로 떨어지는 바나나 슛이 아닌 옆으로 차서 거의 반원을 그리면서 밖으로 튀어나갈 듯 크게 벗어나다가 급격하게 꺾어서 골대 안으로 들어가 버렸다.

무회전 슛에 이어 UFO 슛까지 보자 모인 관중들은 난리도 이런 난리가 없었다.

이건 어디 가서 돈 주고도 못 보는 구경거리였으니 말이다.

축구라면 환장하는 이곳 사람들에게는 지금 재중과 실바

의 1:1 축구 시합은 로또에 당첨된 거나 마찬가지였다.

UFO 슛은 재중이 찬 무회전 슛과 반대로 강한 회전을 주는 것이 포인트였다.

발가락이 있는 부위 근처의 발등으로 공을 차는 순간 동시에 자신이 공을 보내고 싶은 곳의 아래쪽을 강하게 차면서 공에 강한 회전을 주는 것으로, 기본 원리는 바나나 슛과 비슷하지만 발로 차는 순간 회전을 옆으로 주는 것이 조금 달랐다.

다만 원리는 간단하지만 이걸 실행하는 것은 극도로 어려웠으니 그게 문제였지만 말이다.

실제로 세계적인 선수들도 대부분 대각선으로 위쪽에서 아래로 꺾어지면서 휘어지게 바나나 슛을 차는 편인데 그게 그나마 확률이 높기 때문이다.

하지만 실바는 공이 옆으로 휘었다.

거기다 누가 봐도 반원에 가까울 만큼 공이 휘어서 옆으로 들어갔으니 이건 재중의 무회전 슛에 비해도 결코 손색이 없었다.

마법 같은 슛이 연속으로 두 번이나 꼬빠까바나 해변에 펼쳐지고 있는 것이다.

일반적으로 살짝 휘어서 들어가는 것과 달리 옆으로 차서 완벽하게 반원을 그리게 휘었다면 차는 순간 엄청난 힘으로 회전을 걸었다는 말인데, 그걸 아무렇지 않게 해내는 실바의 다리 힘은 확실히 재중도 인정할 수밖에 없었다.

실바는 예상하지 못한 재중의 급격히 떨어지는 무회전 슛으로 인해 자신의 자존심과 명예를 위해서도 그에 버금가는 슛을 해야만 했고, 그게 UFO 슛이었다.

아무튼 남자들의 자존심 대결이 되어버린 1:1 축구 시합은 한 바퀴 돌아서 실바가 골대 쪽에 서고 재중이 브라주카를 마주한 곳에 섰다.

두 번의 마법 같은 슛이 펼쳐지고 나서라 그런지 재중과 실바가 마주 서기만 했는데도 해변에는 고요함만 흘러내리고 있었다.

삑!

캐롤라인의 호루라기가 울려 퍼지자 돌연 재중이 앞으로 튀어나갔다.

그러더니 그대로 공을 몰고 드리블을 하는 게 아닌가?

"헛!! 이번에는 드리블이다!!"

사람들도 이번에는 무슨 슛을 보여줄까? 하는 기대감에 들떠 있다가 돌연 재중이 브리주카를 몰고 앞으로 튀어나가자 흥분하기 시작했다.

사실 축구에서 이기기 위해서는 슛을 잘 차는 것도 분명 중요했다.

하지만 보는 사람들을 정말 흥분시키는 것은 바로 스타 플레이어의 개인기였다.

특히나 스트라이커가 공을 몰고 가면서 수비수를 현란한 기술로 젖힐 때마다 관중은 광란에 도가니에 빠져들 수밖에 없었다.

개인기에 이름이 붙는 것도 모두 그만큼 사람들이 좋아하기 때문이었으니 말이다.

"어딜!!"

실바도 설마 이번에 재중이 드리블로 자신에게 곧장 달려올 것은 예상하지 못하고 있었다.

하지만 실바는 명색이 브라질 국가대표였다.

이미 머리보다 몸이 먼저 반응해서 빠르게 재중에게 튀어나갔다.

그리고 재중과 실바가 서로 마주 서는 순간, 재중이 발등으로 공을 툭 차서 왼쪽으로 튕겼다.

"안 되지!"

공에 대한 집중력이 상상을 초월하는 실바는 동물적인 반응을 보였다.

하지만 실바의 중심 균형이 재중이 공을 찬 왼쪽으로 기우는 순간.

톡!

재중이 왼발의 발목을 살짝 돌리더니 왼쪽으로 튀던 공을 다시 오른쪽으로 꺾어버린 것이다.

"플리플랩!"

방금 재중이 했던 기술은 바로 플리플랩이었다.

공을 옆으로 차는 것과 동시에 반대쪽으로 발목만 꺾어서 바꿔 버리는 기술로, 힘 조절이 조금이라도 어긋나면 공이 너무 튀어버리거나 앞으로 나가서 그냥 공을 실바에게 패스하는 꼴이 될 수도 있을 만큼 어려운 기술이었다.

그런데 재중이 그걸 너무나 쉽게 해버리자 실바도 이번만큼은 놀람을 감출 수 없었다.

하지만 놀람은 놀람이고 시합은 시합이다.

"어딜!"

몸은 이미 재중이 플리플랩으로 바꾼 오른쪽으로 다시 기울어져 있었다.

불과 0.1초였다.

실바가 왼쪽에서 오른쪽으로 방향을 바꿔야 한다고 판단하는 순간 몸이 움직인 것이 말이다.

하지만 오른쪽으로 움직이던 공에 재중의 오른발이 슬쩍 닿더니,

톡톡~

정확하게 두 번, 두 번째 플리플랩이 왼발에 이어 오른발로

도 펼쳐져 버렸다.

"……!!!"

몸의 중심이 오른쪽으로 완전히 기울어져 버린 실바는 재중이 다시 왼쪽으로 튄 공을 몰고 가 골대에 넣는 것을 그대로 지켜봐야만 했다.

"우와!!! 더블 플리플랩이었어!!!"

"미쳤다!! 저건 미친 거야!!!"

"양발로 플리플랩을 하다니……. 저 동양인 청년 도대체 누구야!!"

플리플랩은 브라질의 유명한 호나우지뉴가 선보였던 것으로 한쪽 발로만 하는 것도 정말 고도의 테크닉이 필요하다.

그걸 양발로 동시에 쓴다는 것은 누구도 생각해 본 적이 없었다.

동시에 공을 2번 튕겨서 방향을 2번이나 바꾸는 기술이 바로 플리플랩이다.

그걸 양발로 사용하면 무려 4번을 바꾸는 것으로, 아직 양발로 플리플랩을 쓴 선수는 없었다.

아니, 재중을 빼고는 실바조차 처음 본 기술이었다.

"미쳤어… 이건 천재 수준이 아니잖아……."

실바는 설마 재중이 플리플랩을 쓸 것이라고는 생각도 못하고 있었다.

거기다 두 번이나 쓰는 더블 플리플랩을 저렇게 완벽하게 사용하다니, 꿈에도 생각지 못했던 일이었다.

사실 더블 플리플랩의 사용이 가능한 것도 재중의 몸이 극도로 민감한 상태에 체력, 감각, 순발력, 힘이 드래곤 블러드로 인해 모든 것을 초월했기 때문이다.

뭐, 재중은 축구 선수와 일반인의 시합인데 이 정도는 아무것도 아닌 핸디캡이라고 생각하고 있지만 말이다.

"서영 씨… 재중 씨 혹시 한국 국가대표예요?"

이렇게 되니 이제 캐롤라인으로서도 실바가 걱정되는 상황에 이르고 말았다.

당연히 가장 재중과 오래 있었던 천서영에게 물어보자 천서영도 놀란 눈으로 고개만 흔들고 있는 게 아닌가.

캐롤라인은 말없이 고개만 저을 수밖에 없었다.

사실 상식적으로도 더블 플리플랩을 쓰고 완전 무회전 슛을 쏘는 국가대표가 있다면 브라질 대표인 실바가 모른다는 게 오히려 이상하다.

결국 축구 국가대표도 아니라는 이야기인데, 캐롤라인으로서는 도대체 재중이 어떤 사람인지 알 수가 없었다.

다시 실바의 공격 차례에서는 실바가 똑같이 되돌려 준다는 생각에 재중에게 달려갔다.

하지만 도저히 더블 플리플랩을 할 자신이 없자, 재중을 등지고 회전하면서 공을 가지고 한 바퀴 돌았다.

하지만 이미 재중이 앞을 막아서고 있었다.

그러자 실바는 본능적으로 다리를 꼬면서 왼쪽에 있는 공을 오른발로 'X' 자로 만들더니 옆으로 차서 넣어버렸다.

"헐… 마르세유턴과… 라보나킥이 연속으로… 이건 미친 시합이야……."

아주 전 세계에서 유명한 개인기는 다 나오는 듯했다.

물론 재중의 더블 플리플랩에 비해서는 조금 손색이 있긴 했지만, 마르세유턴에 이어 앞을 막아선 재중의 옆으로 라보나킥으로 골을 넣어버리는 실력이 엄청난 센스인 것만은 확실했다.

이어서 다시 공방이 이어졌다.

백숏, 크루이프턴, 다시 무회전킥, 그리고 헛다리짚기까지 아주 개인기 퍼레이드가 펼쳐졌다.

결과적으로 실바도 10점, 재중도 10점으로 무승부가 되어버렸다.

Chapter 06
능력의 끝은 어디?

"도대체 누구야? 당신 뭐 하는 사람이야? 한국 축구대표팀? 아니면 어디 축구팀?"

1:1 시합이 끝나고 나서 실바는 아주 재중에게 질문을 속사포처럼 쏟아냈다.

하지만 재중은 모든 질문을 다 듣고 난 뒤에야 조용히 입을 열었다.

"그냥 카페 주인."

"……."

너무 뜬금없는 대답이었는지 실바는 잠시 재중을 보면서

멍하니 있다가 웃음을 터뜨렸다.

"푸하하하하하하하!!! 그걸 말이라고 해? 더블 플리플랩을 하는 사람이 카페 주인? 푸하하하하하."

여태까지 실바는 자신보다 축구를 잘한다고 하는 사람을 많이 봤고 직접 느껴봤었다.

하지만 재중처럼 커다란 벽을 느낀 것은 처음이었다.

그런데 그런 사람이 카페 주인이라니, 이건 어이가 없어서 터진 웃음이었다.

혼자 신나게 웃던 실바는 왠지 주위가 조용하자 웃음을 멈추고 슬쩍 고개를 돌려보았다.

그런데 캐롤라인도 천서영도 전혀 웃고 있지 않는 것이다.

"설마… 진짜… 카페 주인인 건 아니겠지?"

실바가 캐롤라인에게 다시 물어봤다.

"안타깝지만 맞아. 내가 할아버지에게 직접 들은 말이니까. 그리고 여기 한국에서부터 재중 씨와 함께 온 천서영 씨도 카페 주인이 맞대."

"……."

순간 실바는 자신의 머리 위로 까마귀 한 마리가 울면서 날아가는 느낌이었다.

천하의 레오나르도 실바가 축구 인생에서 처음으로 자신이 넘지 못할 벽으로 느낀 사람이 축구는커녕 카페 주인이라니.

이걸 받아들여야 할지 말아야 할지 판단이 쉽게 서지 않았다.

그러나 한참을 고민하던 실바는 결국 인정해 버렸다.

다른 사람은 몰라도 캐롤라인은 성격상 거짓말을 하지 않는다는 것을 너무나 잘 안다.

하지만 결국 믿긴 했지만 아직도 약간의 의심이 남아 있는 것까지는 캐롤라인도 어쩔 수가 없는 상황이었다.

정작 지금 대답해 주고 있는 캐롤라인과 천서영도 재중이 설마 저 정도로 축구를 잘하는 줄은 몰랐으니 말이다.

"저기… 재중 씨… 혹시 한국 사람들 다 무회전 슛 쏘고… 플리플랩 하고 그래요?"

캐롤라인의 조금 뜬금없는 질문에 재중이 그게 무슨 소리냐는 듯 쳐다보자 캐롤라인이 변명하듯 말했다.

"아니… 그렇잖아요, 카페 주인이 더블 플리플랩 하고, 무회전 슛 쏘고 하는데 국가대표는 얼마나 잘하겠어요?"

"풋!! 후후후후훗."

재중은 조금은 4차원적인 캐롤라인의 말에 웃음을 터뜨리더니 고개를 저었다.

"그냥 저만 하는 겁니다. 그리고 전 축구 선수를 할 생각도 없구요."

그런데 돌연 캐롤라인과 재중의 대화에 실바가 끼어들더니 재중의 어깨를 덥석 잡아버렸다.

"왜!! 어째서 축구를 안 해? 이렇게 잘하는데? 다시 싸워보고 싶지 않아? 난 붙어보고 싶어. 정식으로 말야."

정신없이 흔들면서 난리도 이런 난리가 없었다.

결국 가까스로 캐롤라인이 나서서 실바를 진정시켜야만 했다.

하지만 실바는 진심으로 재중이 왜 축구를 하려고 하지 않는지 이해가 가지 않았다.

브라질에서는 축구가 인생의 모든 것인 사람이 많았다.

축구가 가난을 탈출하는 유일한 길이기도 했지만, 축구가 좋아서 하는 사람도 많았다.

그런 시선으로 보면 재중의 말은 정말 배부른 투정과 같은 것이었다.

무회전 슛에 더블 플리플랩을 쓰고 세계에서 최고로 인정받는 레오나르도 실바를 상대로 오히려 봐주면서 했으니 말이다.

은연중에 실바도 재중이 자신의 사정을 적당히 봐주고 있다는 것을 느끼고는 있었다.

다만 확신이 없었을 뿐이다.

하지만 1:1 경기를 끝내고 가쁜 숨을 몰아쉬는 자신과 달리 재중은 너무도 평온히 숨쉬고 있는 것을 보고 뒤늦게 확신한 것이다.

재중이 자신을 봐줬다는 것을 말이다.

처음 무회전 슛을 빼고는 모두 드리블과 함께 개인기를 펼친 재중의 숨소리가 평온하다는 것은 있을 수 없는 일이었다.

더군다나 그들이 시합을 한 곳은 모래 해변이었다.

일반 잔디에서 그렇게 뛰어도 숨이 턱까지 차오를 텐데 모래 해변에서 뛰었는데 평온하다?

실바로서도 도저히 그것만큼은 불가능했다.

하지만 재중으로서도 나름 고충이 있었다.

실바가 보기에는 재중이 그저 배부른 소리를 하는 것 같겠지만, 드래곤의 육체를 가진 재중과 일반적인 훈련을 한 사람이 시합을 한다는 것 자체가 이미 말도 안 되는 일이었다.

말 그대로 반칙이나 마찬가지였으니 말이다.

물론 실바가 그걸 알 리가 없었다.

오히려 실바는 재중에게 다가오더니 말했다.

"나와 함께 뛴다면… 레알 마드리드는 무적인데."

실바는 재중과 자신이 투톱으로 잔디밭을 가르는 상상만 해도 온몸에 소름이 돋을 만큼 아찔한 기분이 들었다.

하지만 실바의 말에 재중은 그저 웃어버렸다.

"역시 거절인가."

실바도 방금 재중이 지은 웃음의 의미를 정확하게 알고 있었기에 납득하듯 작게 중얼거렸다.

하지만 이해하지 못하겠다는 표정인 것은 여전히 그대로였다.

그렇게 꼬빠까바나 해변의 축제 같은 1:1 축구 시합이 끝나자 실바도 어쩔 수 없이 가야만 했다.

대표팀 훈련이 있는데도 불구하고 캐롤라인의 부탁이기에 억지로 시간을 만들어서 온 거였다.

더 이상 이곳에서 지체하고 있을 여유가 없었던 것이다.

하지만 실바는 처음과 달리 가면서도 재중에게서 시선을 떼지 못했다.

"선우재중."

"응?"

재중이 자신을 부르는 소리에 실바를 쳐다보자 환하게 웃음을 머금은 실바가 외쳤다.

"다음에는 너의 나라로 내가 찾아가지! 기다리라고!!"

그리고는 아쉬운 발길을 돌려 버렸다.

그렇게 실바가 떠났다.

하지만 재중이 실바보다 오히려 더 집요한 사람들이 곁에 있다는 것을 깨닫기까지는 그리 오랜 시간이 걸리지 않았다.

"축구를 어떻게 그렇게 잘해요?"

"대표팀 한번 해봐요! 곧 월드컵인데."

캐롤라인과 천서영이 아주 옆에서 번갈아가면서 앵무새마냥 재중의 양쪽 귀를 자극하는데 이럴 때 한마디라도 대답을 해주게 되면 오히려 자신이 피곤해진다는 것을 대륙에서 귀족 영애들을 상대했을 때 이미 깨달은 재중이다.

재중은 그저 웃기만 할 뿐, 단 한마디도 하지 않았다.

그러자 결국 두 사람도 손을 들어버렸다.

"정말 이러기예요?"

"재중 씨… 에휴……."

결국 삼십여 분을 재중의 옆에서 떠들던 캐롤라인과 천서영도 포기했는지 입을 다물어 버렸다.

손뼉도 마주쳐야 소리가 나고, 싸움도 받아줘야 일어나는 법이었다.

아무리 질문을 해도 재중은 그저 웃으면서 긍정도, 그렇다고 부정도 아닌 애매한 모습을 보였다.

그러다 보니 결국 먼저 피곤해서 지쳐 버린 것은 그녀들이었다.

"정말… 도대체 당신은 누구예요?"

캐롤라인은 그저 할아버지가 찍은 첫 번째 맞선 상대 정도로 재중을 생각했었다.

그런데 막상 하루 동안 함께하며 재중을 조금씩 알게 되자 생각을 바꿀 수밖에 없었다.

그만큼 재중이 보인 능력은 그녀의 모든 상식을 뒤집어 버리기에 충분했다.

거기다 레오나르도 실바를 상대로 오히려 봐주면서 1:1 축구 시합을 할 만큼 아직 숨겨진 것이 많은 남자라는 것이 결정적이기도 했다.

이미 거절을 당하긴 했지만 천서영과 달리 그녀의 재중에 대한 호기심과 호감에 불을 당기는 결과를 가져와 버렸으니 말이다.

뭐랄까, 몇 번을 벗겨도 끝없이 껍질이 나오는 양파처럼 속을 알 수 없는 재중의 묘한 매력에 빠져 버린 것이다.

재중과 어느 정도 함께했던 사람은 꼭 묻는 말을 캐롤라인도 똑같이 물어보고 있었다.

물론 그 질문에 대한 재중의 대답은 언제나 같았지만 말이다.

"선우재중입니다……."

"…에휴……."

재중의 대답에 캐롤라인도 이번만큼은 항복을 할 수밖에 없었다.

본인이 그렇다는데 어쩌겠는가?

따지고 들어봐야 피곤한 건 자신인 것을 이미 느끼고 있었으니 말이다.

그렇게 이야기가 끝나갈 무렵, 캐롤라인의 휴대폰이 울렸다.

전화를 받은 캐롤라인은 짧게 통화를 마치고는 재중을 향해 말했다.

"할아버지가 돌아오래요, 재중 씨에게 무슨 할 말이 있나봐요."

캐롤라인의 말을 들은 재중이 입가에 작게 미소를 지었다.

시우바 회장이 자신을 찾는 이유가 충분히 짐작이 됐기 때문이다.

다만 최소 며칠은 걸릴 줄 알았는데 의외로 몇 시간 만에 자신을 찾는 모습이 조금 의외였을 뿐이었다.

* * *

시우바 회장의 부름을 받은 재중과 천서영은 캐롤라인이 모는 차를 타고 다시 저택으로 돌아왔다.

천서영은 준비된 방으로 가고 재중만 따로 시우바 회장과 마주 앉게 되었다.

"자네는… 어디까지 알고 있는지 내게 말해줄 수 있겠나?"

세르지오로부터 들은 상황이 자신이 생각한 것 이상으로

심각하다는 것을 느낀 듯했다.

시우바 회장의 표정이 전에 없이 굳어 있었다.

하지만 굳은 표정과 달리 눈빛만큼은 그 어느 때보다 날카롭게 빛나고 있기도 했다.

평소에는 그냥 동네 흔한 외국인 할아버지 같은 시우바 회장이지만 일에 관련해서는 맺고 끊음이 칼 같은 성격이기도 했다.

거기다 아무리 그래도 그룹의 일에서는 외부인인 재중이 치부를 알고 있다는 것이 마음에 부담으로 작용하는 것을 숨기지 못하고 있었다.

"이번 시우바 회장님의 테러에 산쵸카르텔을 동원한 것이 세르지오 단독이 아니라 시우바 그룹의 계열사 사장 전원이 관련되어 있다는 것 정도만 알고 있습니다……."

굳이 숨길 필요가 없기에 조용히 말하자 시우바 회장이 한숨을 쉬었다.

"에휴… 늙어서 못난 꼴을 계속 보이는구만……. 맞네, 이번 내가 미국에 갔다 오는 일정은 계열사 사장들만 알고 있었기에 나도 혹시나 했지만……. 설마 계열사 녀석들이 모두 작정하고 모였을 줄이야."

재중이 다 알고 있다는 것에 부담을 느끼던 시우바 회장이었으나 이내 부담스러워하던 표정을 지워 버렸다.

재중의 성격상 그걸 어디에 떠벌리고 다닐 것도 아니다.

오히려 지금은 배신한 계열사 사장놈들보다 재중이 더욱 믿을 수 있는 상황이었으니 말이다.

그런데 시우바 회장이 재중을 이렇게 따로 불러서 마주한 것은 굳이 재중이 사실을 알고 있는지를 물어보기 위함이 아니었다.

"혹시 자네 크루즈 여행 해볼 생각 없는가?"

"크루즈… 라면?"

순간 재중의 머릿속에 떠오른 것은 초호화유람선이었다.

대체적으로 사람들은 크루즈 여행이라고 하면 평생 한 번이라도 타봤으면 좋겠다고 할 만큼 호화롭고 모든 것이 다 해결될 만큼 엄청난 크기의 배를 타고 전 세계를 여행하는 것이라고 알고 있다.

하지만 이름은 다 같은 크루즈 여행이라도 지역마다 조금씩 특색이 있는 편이었다.

아시아 쪽 크루즈 여행은 화교 쪽에서 운영하고 동시에 화교 쪽 손님이 많아서 그런지 거의 도박으로 날밤을 새고 기항지에 배가 멈춰도 여행이나 그런 것을 하지 않고 그냥 자는 사람이 대부분이었다.

때문에 크루즈 여행을 해본 사람들은 아시아 쪽 크루즈 여행은 그다지 추천하지 않는 편이었다.

그리고 유럽 쪽 크루즈 여행은 햇볕 아래에서 티타임과 와인을 즐기고 기항지에 멈추면 조용히 내려서 여행하는 것이 전부였다.

뭐랄까, 재미가 없다고 해야 할까?

조용한 것을 좋아하는 사람이라면 몰라도 굳이 비싼 돈 주고 탄 크루즈 여행을 한다고 하기에는 좀 심심한 편이었다.

그리고 북미와 남미 쪽 크루즈 여행이 있다.

특히나 브라질에서 출발하는 크루즈 여행은 아무래도 출항하는 지역이나 국가의 사람들이 많이 타기 때문인지 열정적이었다.

낮부터 춤추기 시작해서 밤새도록 흥겹게 노는 경우가 많았다.

그러니 같은 크루즈라도 지역에 따라 특징이 극명하게 나뉘는 셈이다.

그런데 지금 시우바 회장이 자신에게 크루즈 여행을 해보지 않겠냐고 하는 것이다.

예상치 못한 권유에 재중이 고개를 갸웃거렸다.

"사실 내 소유의 크루즈가 3척이 있는데 3일 뒤에 그중에 하나인 캘리호가 출항을 한다네. 내 목숨도 구해주고 여러 가지 많은 도움을 줬는데 아직 난 자네에게 무엇 하나 해준 것이 없다 보니 이거 면목이 서지 않아서 말야. 어떤가? 항해 일정은 자네가 원한다면 원래 일본을 거치던 것을 한국으로 바꿀 수도 있네."

"……."

기본적으로 잡혀 있는 크루즈의 항해 일정까지 일본에서 한국으로 바꿔준다니. 아무리 통이 큰 시우바 회장이지만 이 정도면 확실히 재중에게 갖는 고마움이 큰 걸로 여겨졌을 것이다.

하지만 재중은 그 말을 가만히 듣더니,

씨익~

말없이 입가에 미소를 띠우고는 시우바 회장을 가만히 쳐다보기 시작했다.

"왜… 그러나?"

시우바 회장은 순간 재중과 눈이 마주치고는 당황하기 시작했다.

그는 처음 한국에서 재중을 마주했을 때 그 눈빛과 똑같은 느낌을 받고 있었다.

그런 시우바 회장의 모습을 잠시 즐기듯 바라보던 재중이 입을 열었다.

"캐롤라인 양의 안전을 저에게 맡기시려는 거군요."

뜨끔!

정확하게 자신의 목적을 족집게처럼 집어내는 재중의 모

습에 시우바 회장도 결국 항복해 버렸다.

“도무지 자네는 어느 정도 늙은이를 위해 넘어가 주는 법이 없구만그래.”

자신의 속내가 들킨 것이 멋쩍은 듯 괜히 투덜거린다.

하지만 끝까지 속일 생각도 없었기에 시우바 회장은 다 털어놔 버렸다.

“사실 자네가 크루즈에 올라타면 말하려고 했지만… 이미 알고 있으니 뭐, 다 말하지. 아무래도 계열사 사장놈들을 다 물갈이해야 할 것 같아, 생각보다 상황이 좀… 심각하다는 정도로만 알아두면 좋겠네.”

“…….”

재중은 시우바 회장의 말을 가만히 듣고만 있었다.

하지만 계열사 사장이 모두 작정하고 시우바 회장을 죽이려 할 정도로 시우바 석유를 탐내고 있다는 것 하나만 봐도 충분히 알 수 있었다.

이 싸움은 어느 한쪽이 죽어야만 끝나는 종류라는 것은 재중도 느끼고 있는 중이었다.

인간의 욕심이란 한번 시작한 순간 자신도 멈출 수 없는 것이었다.

마치 브레이크가 없는 자동차와 마찬가지로 말이다.

“그리고 세르지오와 자주 접촉한 녀석들에게서 다른 지역

카르텔의 꼬리가 잡혔네. 이대로는 캐롤라인이 위험하기에 어쩔 수 없이 자네에게 부탁하는 거네."

"그 말은 브라질 안에 있는 한은 안전하지 않다는 말이군요."

재중이 나직하게 말하자 시우바 회장도 조금은 씁쓸하지만 고개를 끄덕였다.

"브라질은 국가의 공권력과 카르텔의 무력이 거의 비슷하게 서로 균형을 유지하는 상태지. 다만 어느 한쪽이 급격하게 기울게 되면 서로 타격이 크기 때문에 조용히 있을 뿐이네. 물론 나는 이런 일은 얼마든지 버틸 수 있네. 이것보다 더한 어려움도 이겨내고 지금 이 자리에 내가 있으니 말야. 하지만 캘리는 그렇지가 못하지……."

그나마 다행인 것은 지금 시우바 회장의 직계 자손이 모두 유럽에 가 있는 상태라는 것이다.

캐롤라인만 재중이 미국에 온다고 해서 일부러 시우바 회장이 불러들인 것이다.

하지만 그렇게 불러들인 것이 오히려 스스로에게 족쇄가 될 줄은 당시만 해도 몰랐었다.

시우바 회장은 갑작스럽게 이런 상황이 되자 고민 끝에 현재 가장 믿을 수 있고, 곁에 있는 한 절대로 죽을 일이 없다는 확신이 드는 재중의 곁에 캐롤라인을 두려고 했다.

자기와 달리 캐롤라인은 카르텔의 살해 협박, 은밀한 암살 등을 견디기에는 너무나 여렸으니 말이다.

거기다 캐롤라인은 이미 모델로 많이 알려져 있었다.

때문에 이대로 시우바 회장이 배신자들을 정리하는 과정에서 그들과 연관이 있는 카르텔 녀석들이 시우바 회장을 노린다면 가장 첫 번째로 위험한 것이 바로 캐롤라인이기도 했다.

"……."

이야기를 들은 재중은 잠시 생각하는 듯 말없이 눈을 지그시 감았다.

재중이 침묵에 들어가자 시우바 회장도 입을 다물어 버렸다.

지금 상황에서는 재중이 거절하더라도 시우바 회장이 재중에게 매달리면 매달렸지, 재중을 상대로 자신의 권력을 움직일 수도 없었다.

아니, 움직일 수는 있을 것이다.

하지만 그는 직감적으로 알고 있었다.

자신이 강제로 무언가를 요구하는 순간 무너지는 것은 오히려 자신이라는 것을 말이다.

재중을 적으로 두는 것에 비한다면 배신자들은 오히려 애들 장난 수준이었다.

절대로 적으로 돌아서서는 안 되는 존재.

그것이 바로 시우바 회장이 재중에게서 느끼는 단 하나의 감정이었다.

"저 혼자인가요?"

"응?"

승낙 아니면 거절을 예상하고 있던 시우바 회장은 돌연 재중이 던진 뜻밖의 질문에 자신도 모르게 되물었다.

"이왕 평생 해보기 힘든 여행에 공짜라면 저 혼자보다는 가족도 있었으면 해서 말입니다……."

"하하하하… 그래, 뭐. 원한다면 몇 명이든 상관없네. 어차피 크루즈는 내 거니까 말이야."

재중의 가족도 불러서 같이 가고 싶다는 말에 시우바 회장의 표정이 환하게 밝아졌다.

너무 눈에 띄게 좋아했다는 게 조금 그랬지만 시우바 회장으로서는 무조건 땡큐~ 였다.

까짓 거 어차피 자신 소유의 크루즈 아닌가?

캘리의 목숨 값에 비하면 10명이든 100명이든 재중이 원하는 사람을 태워주는 것은 아무것도 아니었기에 이렇게 좋아하는 것이다.

유럽에 있는 아들과 딸은 이미 스스로 자신에게 걸맞는 위치에 올라서 있기에 걱정이 없었다.

하지만 손녀인 캐롤라인이 걱정되는 것은 어쩔 수 없는 할아버지의 마음이었다.

"그런데 3일 뒤에 크루즈가 출발한다고 했는데… 한국에 있는 저의 카페 식구들을 지금 당장 불러들일 수 있습니까?"

대충 비자 신청만 해도 일주일 넘게 걸리는 것을 알기에 재중이 물어봤다.

"걱정하지 말게, 그건."

그 말을 끝으로 벨을 누르자 경호원이 한 명 들어왔다.

시우바 회장은 그의 귓가에 작게 몇 가지 지시를 하고는 다시 돌려보냈다.

"주한 브라질 대사관에 내가 직접 연락을 했으니 자네가 크루즈에 탈 때에는 가족들과 함께일 걸세."

시우바 회장의 말은 너무나 간단했다.

하지만 사실 지금 시우바 회장은 자신의 손길이 뻗어 있는 권력자를 모두 동원한 상태였다.

불과 3일, 그 안에 재중의 카페 식구를 모두 한국에서 브라질 이곳까지 데리고 와야만 했으니 말이다.

물론 캐롤라인이 크루즈에서 재중과 지내면서 굳이 재중이 아니라도 재중의 식구들과 친해져서 나쁠 게 없다는 노림수도 있었다.

최소한 재중과 연결되지 않더라도 가족들과 친해져 친분

이 쌓인다면 시우바 회장에게는 뜻하지 않은 행운이 찾아오는 셈이다.

본래 장수를 쏘려면 말부터 쏘라는 말이 있지 않는가?

자신이 공략할 사람이 너무나 힘들다면 시선을 돌려 주변의 친구나 가족에게 손을 뻗어보는 것도 좋은 방법이었다.

그러다 시우바 회장은 문득 천서영이 떠올랐다.

재중과 별다른 관계는 아닌 거 같긴 했다.

하지만 시우바 회장의 눈에도 천서영이 재중에게 매달리는 것이 뻔히 보일 정도였다.

그런 천서영과 함께 다니는 재중의 마음이 살짝 궁금해져서 슬쩍 물었다.

"천서영 양의 것도 준비하는 것이 좋겠구만… 안 그런가?"

노골적으로 재중의 마음을 떠보는 것이 뻔히 보이는 질문이었다.

하지만 시우바 회장의 질문에도 재중은 별다른 표정 변화 없이 대답했다.

"직접 본인에게 물어보는 게 좋지 않을까요? 크루즈 여행은 한 번 하면 오래 걸릴 텐데……. 그러고 보니 기간이 얼마나 걸리죠?"

재중은 공짜로 크루즈 여행을 시켜준다는 말에 문득 그동안 지구로 돌아와서 한 번도 쉰 적 없이 움직였다는 것을 깨달았다.

생각해 보면 재중만이 아니라 연아 역시 마켓 때문에 정신 없는 삶을 살아왔다.

그뿐인가?

전희준과 딸 한비아도 여행은커녕 어린이날이면 간다는 놀이공원도 가본 적이 없다는 것을 연아에게 들은 적이 있었던 것이다.

어차피 공짜였다.

그렇다면 직접 관련 있는 식구들만 불러들일 것이 아니라 아르바이트 하는 유혜림 유새민 자매까지 초대하자는 생각이 들었다.

그래서 재중은 카페에 직접적으로 관련이 있는 사람 모두를 범위에 집어넣어서 말해 버린 것이다.

Chapter 07
공짜 크루즈 여행

지구 반대편에서 시우바 회장의 말을 들은 재중이 카페가 문 닫고 움직여야 하는 엄청난 여행을 즉흥적으로 결정짓는 순간.

한국의 카페 식구들은 테라로부터 전해 들은 갑작스러운 크루즈 여행 소식에 당황해하는 중이었다.

재중이야 한국에 있는 사람들을 위한다는 생각으로 즉석에서 결정한 일이었다.

반면 아무 준비도 없이 이 소식을 들은 한국에 있던 연아와 카페 식구들은 멘붕 상태였다.

"지… 금… 뭐라고 했어요?"

—그러니까 방금 연락받았는데요, 지금 재중 씨가 브라질에 있는 건 아시죠?

"그야 들었으니까요."

이미 미국을 통해 브라질로 들어가 있어서 며칠 더 늦을 것 같다는 연락을 받은 연아였다.

처음에는 그러려니 했었다.

사업을 하기 위해서 브라질까지 갔는데 무슨 슈퍼에서 물건 사듯 금방 끝내고 오리라고는 생각지도 않았으니 말이다.

그러던 차에 뜬금없는 말을 전해 들은 연아는 지금 멍하니 테라만 바라보고 있는 중이었다.

재중의 말을 들은 테라는 그대로 한국의 카페에 가서 연아에게 달려갔다.

그리고 당장 내일 오후에 브라질로 가서 1개월 정도 크루즈 여행을 해야 되니까 카페 문 닫으라는 연락을 받았다고 전했다.

때마침 마칠 준비를 하던 카페 안에 있던 전원의 행동이 멈춰 버렸다.

"그러니까… 내일 저녁에 바로 떠나요?"

—맞아요.

"누구랑 가는데요?"

연아는 카페 문까지 닫으라는 말에 주변을 둘러보았다.

오랜 아르바이트로 이제는 정식 직원이 된 유혜림, 유새민 자매를 비롯해 전희준과 딸 비아, 그리고 최근에 정태만의 마수에서 구해내 카페에서 적응하고 있는 유서린까지 보였다.

그런데 그들은 여행 간다는 말에 모두 난감한 표정을 짓고 있었다.

당장 내일 저녁에 카페 문을 닫으면 곤란한 사람이 한둘이 아니었다.

이곳에서 유혜림, 유새민 자매를 제외하고는 모두 카페에서 먹고 자는 생활을 하던 사람들이었는데 쫓겨날지도 모른다는 생각이 들었으니 말이다.

그것도 1개월이나 카페 문을 닫는다면 상황이 심각했다.

하지만 테라는 오히려 그런 불안한 눈빛을 하는 사람들을 보면서 대수롭지 않게 말했다.

—전부예요.

"네? 전부… 라니?"

—지금 이 카페 안에 있는 전원이 내일 저녁에 당장 브라질로 날아가야 해요.

"에에게!!!"

"허걱!!!"

순간 자신들이 잘못 들었나 싶었던 사람들은 몇 번이나 다시 되물었다.

그들은 테라가 내일 오전 주한 브라질 대사관에서 출국하기 전까지 비자를 가지고 올 거라고 말하자 한참 동안 어안이 벙벙한 표정을 지어 보였다.

하지만 조금 뒤, 1개월짜리 크루즈 여행을 한다는 말이 점차 실감나는지 조금씩 흥분하기 시작했다.

그리곤 이내 상황을 깨닫고 행동을 서둘렀다.

"유혜림 씨는 당장 카페 블로그에 내일부터 1개월 동안 개인 사정으로 카페 쉰다고 공지 걸고, 희준 언니는 아래쪽 숙소를 좀 봐주세요. 한 달 동안 비워야 하니까요, 그리고 서린이와 나머지는 최대한 빨리 청소를 끝내고 짐 싸죠."

후다다다닥!!

무슨 전쟁 터져서 피난 가는 사람들 마냥 순식간에 흩어진다.

그러더니 평소보다 빠르면서도 깨끗하게 청소를 끝내고는 각자 긴 여행을 준비하기 위한 짐을 싸기 위해 지하로 사라져 버렸다.

—빠르네……. 크루즈 여행이 그렇게 좋은 건가?

테라에게는 그저 배 타고 유유자적하니 여행하는 것으로 생각되는데 사람들의 반응을 보니 이상하게 그 이상의 무언가 있을 것 같은 느낌이 들었다.

*　*　*

한편 브라질.

한국에서는 때 아닌 여행 준비로 필요한 것을 사기 위해 단체로 대형마트까지 뒤지는 난리통이 벌어지는 것과 달리, 재중은 지금 자신을 너무나 노골적으로 쳐다보는 남자 한 명 때문에 머리가 지끈거리는 중이었다.

"실바… 난 축구를 하지 않아……."

레오나르도 실바가 대표팀 연습이 끝나자마자 곧장 시우바 회장의 집으로 날아와서는 재중 앞에서 제발 자신과 같은 팀에서 뛰는 게 어떻겠냐고 졸라대기 시작한 것이다.

여자와 달리 남자가 조르는 모습은 이상하게 주먹을 움켜쥐게 하는 마법 같은 힘이 있었다.

몇 번이고 그냥 실바의 머리통을 후려쳐서 기절시킨 다음에 저 멀리 해변가에 던져 버리고 싶은 생각이 머릿속에 나타났다가 사라지고 있으니 말이다.

"이걸 봐!"

실바는 자신의 폰을 꺼내더니 전 세계적으로 유명한 동영상 사이트를 열어서 보여주었다.

그곳에는 낮에 꼬빠까바나 해변에서 했던 1:1 축구 시합 영상이 그대로 돌아가고 있었다.

워낙에 요즘 폰의 기능이 좋아서 그런지 화질도 선명하니 충분히 재중의 얼굴을 알아볼 만큼 또렷하기까지 했다.

"이걸 봐. 벌써 1,500만이야, 조회수가……. 1,500만 이거 올린 지 불과 2시간 만에 이런 조회수를 나타냈다고. 그리고 댓글 봤어? 장난 아니야. 한국 사람이라고 했더니 지금 누군지 네티즌수사대? 라는 공권력까지 동원해서 너를 찾고 있단 말야."

"푸웃!!"

순간 실바가 네티즌수사대를 무슨 검찰이나 특수 경찰인 줄 알고 공권력이라고 말하는 모습에 재중이 작게 웃음을 터뜨렸다.

재중은 동영상을 잠시 보더니,

"잘 찍었네."

그리고는 관심 없다는 듯 동영상을 꺼버렸다.

"이래도 축구를 안 할 거야?"

1:1 시합이 끝나고, 실바의 축구에 대한 실력과 열정 하나만큼은 재중도 인정해서 그냥 편하게 지내자고 했었다.

그런데 설마 그게 이렇게 독이 되어 돌아올 줄은 재중도 몰랐다.

아주 재중에게 들이대는 수준이 멧돼지보다 더하면 더했

지 덜하진 않았으니 말이다.

하지만 애초에 축구를 좋아하긴 하지만 자신의 몸을 생각하면 그다지 내키지도 않는 상황이었다.

프로 축구에는 별다른 관심이 없기에 끝까지 거절하자 실바는 답답해 죽겠다는 표정이었다.

"도대체… 그런 실력을 왜 세상 사람들이 모르게 하는 거야? 이유를 모르겠네~ 정말……."

재중에게서 뭔가를 얻겠다는 목적이 없이 오로지 자기보다 잘하는 실력을 가진 재중이 축구에 관심 없는 것이 너무나 안타까워 아쉬워하는 순수한 모습이었다.

그렇기에 재중도 그냥 참고 있었다.

만약 실바에게서 조금의 사심이나 욕심이 보였다면 조용히 끌고 가서 시원하게 패고는 기억을 흐려놓았을 것이다.

그런데 누가 말했던가?

순수할수록… 집념이 강하다는 것을 말이다.

그저 재중이 잔디밭을 뛰면서 수많은 축구 천재를 상대로 골을 넣는 장면이 보고 싶다는 생각만 머릿속에 가득한 실바였다.

그는 아무리 졸라도 재중이 끄떡도 하지 않자 생각을 바꾸기로 했다.

"그럼 이건 어때? 내일 브라질 대표팀의 훈련에 한번 참가

해 보는 게?"

"응? 내가 대표팀에?"

월드컵이 이제 불과 1개월 앞으로 다가온 상황이었다.

그런데 그런 이때, 자국민도 관계가 없으면 근처도 오지 못하게 할 만큼 보안을 철저히 지키는 대표팀 훈련에 오라고 하는 것이다.

그런 실바의 모습에 정말 황당한 것은 재중이었다.

"난 한국 사람이야, 그리고 넌 브라질 국가대표고… 말이 되는 소리를 해야지, 원……."

결국 재중도 억지를 부리기 시작하는 실바의 모습에 자리에서 일어섰다.

그러자 실바가 재중을 잡으며 말했다.

"나 혼자만의 결정이 아니야."

"응?"

"현재 브라질 국가대표의 감독으로 있는 루이스 펠라리네 감독님이 직접 너를 데려와 보라고 하셨거든."

"……."

재중은 이게 또 무슨 생뚱맞은 소리냐는 표정으로 실바를 쳐다봤다.

실바는 벌떡 일어서 재중을 바라보며 말했다.

"과연 천하의 레오나르도 실바, 나를 이긴 동양의 천재를 직접 보고 싶다고 하셨어. 어때?"

"하아… 정말……."

재중의 상식으로는 도무지 이해가 가지 않는 실바고, 브라질 대표팀의 루이스 펠라리네 감독이었다.

그런데 점입가경이라던가?

어디서 이야기를 들었는지 시우바 회장도 모습을 드러내더니 한마디 보태는 게 아닌가?

"어차피 크루즈를 타기 전까지는 자네도 프리하지 않는가? 모두가 궁금해하는 브라질 축구를 한번 구경해 보는 것도 괜찮은 생각인 것 같은데……? 그렇지 않은가?"

속 편한 소리를 하면서 실바에게 힘을 실어주는 상황이었다.

그 후로도 실바는 무려 1시간 동안이나 재중에게 매달렸다.

그 결과, 먼저 질려 버린 재중이 결국 승낙을 해버렸다.

"그럼 내일 내가 데리러 올게~~~!!"

재중의 승낙이 떨어지자 마치 자신이 원하던 장난감을 얻은 듯 너무나 환하게 웃으면서 가버리는 실바였다.

"브라질 사람은 모두 고집이 저렇게 센가요?"

재중이 그런 실바의 모습을 보면서 시우바 회장에게 물어보았다.

"허허허허헛… 뭐, 저런 끈기와 고집이 있으니 세계 최강의 스트라이커로 불리는 것이 아니겠나?"

딱히 부정하지도 않는 시우바 회장이었다.

* * *

"저 사람이……?"

"키는 큰데… 힘이 없어 보이는데……?"

"음… CG였나?"

재중이 관심이 없었기에 몰랐을 뿐, 이미 꼬빠까바나 해변에서 실바와 재중이 펼쳤던 1:1 축구 시합은 전 세계적으로 유명세를 떨치고 있는 중이었다.

거기다 곧 코앞으로 다가온 브라질 월드컵으로 인해 브라질 내에서 재중의 동영상이 급속도로 퍼지고 있었으니 말이다.

당연히 브라질 국가대표팀의 선수들도 영상을 보긴 했지만, 더블 플리플랩을 하고 완전 무회전 슛까지 쏘는 재중의 모습을 쉽게 믿지 않고 있었다.

사실 한 발로 플리플랩을 해도 성공 확률이 낮은데, 천하의 레오나르도 실바를 상대로 양발로 하는 더블 플리플랩이라니?

걸음마보다 축구공을 먼저 만진다는 브라질 축구대표팀들도 도무지 믿기 쉽지 않은 영상이었으니 말이다.

그리고 그런 선수들의 반응이 대표팀의 감독으로 있는 루이스 펠라리네의 심기를 건드려 버렸기에 지금 재중이 이곳에 서 있다는 것은 재중 본인만 모르고 있었다.

"무회전 슛을 보여줄 수 있겠나?"

오자마자 재중 앞에 놓인 것은 브라주카였다.

루이스 펠라리네 감독은 거만하게도 자신이 초대를 하고서는 악수 한 번 하고 곧바로 재중을 잔디밭 위에 세웠다.

그러더니 동영상에서처럼 폭포물이 떨어지듯 뚝~! 떨어지는 무회전 슛을 쏴보라고 요구하는 것이 아닌가?

"감독님, 이건 좀 아니잖아요."

정작 재중을 데려온 실바가 당황하면서 루이스 펠라리네 감독에게 항의했지만 소용이 없었다.

아니, 감독은 오히려 동영상을 들먹이면서 은근히 협박까지 했다.

"그 동영상의 기술이 사실이라면 정말 축구 역사의 축복이겠지……. 하지만 그게 조작된 것이라면, 한국이라는 나라의 기술력에 감탄할 수밖에 없을 것이네……. 나와 브라질 국민들은 말야."

말은 점잖게 하지만 한마디로 못 믿겠으니 내 눈앞에서 차보라는 말이었다.

거기다 한국이 브라질을 상대로 사기를 쳤다는 투로 말하는 것도 재중의 심기를 건드리기 시작했다.

'외국에 나오면 모두가 애국자라더니, 나참…….'

딱히 한국이라는 나라에 특별한 감정이나 마음이 없었던 재중이었다.

그런데 루이스 펠라리네 감독이 은근히 비꼬면서 대한민국과 자신을 브라질을 상대로 사기를 친 것으로 말하는 것이 이상하게 배알이 꼴려서 짜증 나기 시작한 것이다.

순간 재중은 스스로도 이런 마음이 드는 것이 너무나 신기했다.

그만큼 본인 스스로도 이해하지 못하는 기분을 느끼고 있는 중이었다.

외국에 나가면 태극기만 봐도 감동이 오더라는 말을 여태까지 이해하지 못했었다.

그런데 뭐, 감동까지는 아니지만 루이즈 펠라리네 감독의 도발은 확실히 재중 스스로가 애국자가 되어가는 건가? 하는 의문이 생길 만큼 특이한 기분을 느끼게 해주고 있었다.

"좀 먼가? 가까이 옮겨줘야 하는 건가……?"

재중이 가만히 브라주카만 보고 있자 루이스 펠라리네 감독은 그럼 그렇지~ 하는 표정을 지었다.

그리곤 공을 가까운 곳으로 옮겨줘야 하는 거 아니냐는 식으로 혼잣말을 했다.

하지만 혼잣말이라고 하기에는 너무 크고 또렷하게 들렸었다.

"감독님, 이건 아니잖아요."

실바가 재차 항의했다.

도무지 감독의 생각을 알 길이 없는 실바만 발을 동동 구르고 있을 뿐, 이 경기장 안에 그 누구도 재중의 편이 없는 상황이었다.

그런 상황 속에서 결국 재중이 움직였다.

"원한다면… 응해줘야겠지……. 걸어온 싸움은 피하지 않는 법이고 말야……."

그저 자신이 누군가 한국을 욕하는 것에 짜증 났다는 것이 의외라서 가만히 있었을 뿐이다.

루이스 펠라리네 감독의 생각처럼 겁을 먹었거나 긴장한 것이 아니었다.

"루이스 펠라리네 감독님."

"응? 우리말을 잘하는군그래."

루이스 감독은 재중의 입에서 유창한 포르투갈어가 나오자 순간 놀란 표정이었다.

레오나르도 실바가 재중의 축구 실력만 입에 침이 마르도록 떠들었지, 정작 재중이 포르투갈어를 너무나 잘한다는 말은 쏙 빼버렸기에 몰랐던 것이다.

재중의 입에서 유창한 포르투갈어가 나오자 루이스 감독의 눈빛이 살짝, 아주 미묘하게 살짝 변했다.

물론 이곳에 있는 모두가 눈치채지 못할 만큼 아주 미묘한 변화였다.

하지만 똑바로 눈동자를 마주하고 있는 재중은 루이스 감독의 눈빛이 변했다는 것을 알아차렸다.

'오호~ 이 사람… 능구렁이였네?'

오자마자 무례하게 굴고 재중을 막 대하며 동영상을 끄집어내 한국을 대놓고 폄하하는 짓까지 서슴없이 했던 루이스 감독이다.

하지만 재중은 루이스 감독의 진짜 속내가 따로 있다는 것을 마주한 눈동자로 알았다.

감독의 속내를 알아챈 재중은 속으로 미소를 지었다.

그저 자만심에 똘똘 뭉친 그런 감독이 아닌 것이다.

오히려 반대였다.

자신의 속내를 꽁꽁 숨겨두고서 겉으로는 원하는 것을 얻기 위해 무엇으로든 변할 수 있는 그런 사람.

그게 재중이 본 루이스 펠라리네 감독이었다.

'뭐, 그렇게까지 보고 싶다면… 보여주는 게 인지상정이지.'

조금 전의 짜증 났던 감정이 조용히 가라앉아 사라진 재중이다.

재중은 오히려 자신을 도발한 루이스 감독을 골탕 먹일 생각을 했다.

"대표팀 모두 경기장에 올라와 주시겠습니까?"

"……?"

"……?"

순간 루이스 감독도, 대표팀 선수들도 재중이 한 말이 무슨 뜻인지 이해를 못 하겠다는 표정이었다.

실바만이 재중의 말뜻을 알아듣고는 조심스럽게 물었다.

"재중… 설마 1대11로 축구를 하겠다는 말은 아니… 겠지?"

"뭐?!"

"미친!!"

실바의 말을 들은 다른 대표팀 선수 모두가 기가 막힌다는 표정을 지었다.

일부 재중을 향해 노골적으로 적의를 드러내는 선수도 있을 만큼 분위기가 순식간에 험악해졌다.

그 순간.

짝!!

루이스 펠라리네 감독이 크고 강하게 손뼉을 쳤다. 모두의 시선이 감독에게로 쏠렸다.

“원한다면 올라가 봐.”

“감독님!!”

“11:1은 말도 안 돼요.”

11:11로 싸우는 축구 경기에서도 1명이 퇴장당하는 순간 퇴당장한 팀은 급격하게 무너진다.

현 월드컵 역사상 1명이 퇴장당하고도 이긴 경기는 오직 1번이었다.

하물며 지금 재중이 올라오라고 도발한 팀은 브라질 대표팀이었다.

브라질 자국 내에서만이 아니라, 전 세계적으로도 축구 팬이라면 이름만 말해도 엄지손가락을 치켜세우는 사람들이었다.

그런데 그런 사람들 전원을 경기장으로 올라오라고 말하는 재중의 모습은 용기가 아닌 미친 짓으로 보일 수밖에 없다.

단 한 명.

레오나르도 실바만 재중과 마주한 적이 있기에 반대로 긴장했다.

자신과의 1:1 시합에서조차 땀 한 방울은 고사하고 호흡조차도 흐트러지지 않았던 재중을 알고 있는 실바였다.

다른 브라질 선수들과는 완전히 다른 반응일 수밖에 없었다.

불만 섞인 말들은 많았지만 감독의 허락이 떨어지자 결국 주전 선수 11명 전원이 재중이 서 있는 하프라인의 반대편에 자리 잡고 서기 시작했다.

오히려 재중을 보면서 올 테면 와보라는 식으로 투지를 불태우는 눈동자가 가득했다.

하지만 그러거나 말거나다.

재중은 대표팀 전원이 잔디 위에 올라서자 루이스 감독을 한 번 쳐다보더니 말했다.

"진정으로 떨어지는 슛이 뭔지 보여 드리죠."

그리고는 그냥 선 자세 그대로 오른발을 들어 올렸다가 공을 찼다.

뻐어어어엉!

"……!!!"

순간 브라주카가 찢어지지 않을까 하는 걱정이 들 만큼 엄청난 소리가 들렸다.

그리고 한 5초 정도 지났을까?

철렁~

재중이 찬 브라주카가 브라질 주전 11명이 지키고 있던 골대 안으로 들어가 그물을 흔들어 버린 것이다.

"……?"

"방금… 뭐지?"

"뭐가 지나갔어?"

브라질 선수들은 엄청난 소리가 들리긴 했지만 자신들은 공을 본 적이 없기에 다들 어리둥절해 있었다.

반면 멀리서 그 모습을 지켜본 루이스 펠라리네 감독은 놀란 표정과 함께,

툭!!

손에 들고 있던 차트표를 떨어뜨렸다.

그만큼 충격에 빠진 얼굴이었다.

루이스 감독은 똑똑히 보았던 것이다.

재중이 공을 차는 순간, 멀리 있는 감독의 눈에도 공이 순식간에 하프라인을 넘어 허공으로 치솟는 것이 보였다.

오히려 가까이 있는 선수들은 시야가 쫓는 것보다 빠른 속도로 공이 날아가 버려서 보지 못했다.

하지만 멀리서 지켜본 감독의 눈에는 고스란히 보였다.

재중이 찬 공은 마치 야구에서 장외 홈런을 맞은 야구공처럼 쭉~ 쭉 뻗었다. 그러다 브라질 골대를 지나치려는 순간 흔들리더니 마치 하늘에서 내려찍은 것처럼 뚝 떨어져 버린 것이다.

그것도 골문을 지키고 있던 브라질 골키퍼 뒤쪽으로 정확

하게 말이다.

한마디로 재중이 공을 차는 순간부터 공이 골대 안의 그물을 흔드는 순간까지, 경기장 안에 있던 선수 중 그 누구도 공을 보는 것조차 불가능했다.

“하나 더 주시죠.”

“응? 아… 그래… 그래…….”

멍하니 있던 루이스 감독은 재중이 다가와 옆에 있던 브라주카를 달라고 하자 순수 집어주었다.

그러면서도 자신이 왜 공을 주었는지조차 깨닫지 못하고 있었다.

공을 받은 재중은 다시 하프라인 중심에 서더니 브라주카를 내려놓고는 발을 올려놓았다.

그리고 큰 소리로 외쳤다.

“진심으로 덤벼라. 아니면 너희는 나의 그림자조차 밟지 못할 테니 말이야.”

재중은 광오하다 싶을 만큼 건방진 말을 하더니 공을 발로 툭 차고는 드리블을 시작했다.

“뭐라고!!”

“그림자도 밟지 못해?”

“미친놈!!”

처음에 재중이 하프라인에서 찼던 공이 골문 안에 들어 있다는 것에 멍하던 브라질 선수들이었다.

하지만 재중의 도발에 순식간에 달아오르더니 재중 하나를 향해 미친 듯이 달려들기 시작했다.

그러나 재중은 그러거나 말거나 앞을 가로막는 녀석이 있으면 프리플랩으로, 옆에서 태클이 오면 공을 발등에 올리고 점프를 해버리는 것으로 너무나 가볍게 피해 버렸다.

마치 브라질 선수들이 어떤 기술을 쓸지, 어떤 태클을 할지 모두 알고 있다는 듯 말이다.

그렇게 모든 선수를 다 제쳤을 때 재중 앞에 남은 것은 레오나르도 실바와 골키퍼 단둘뿐이었다.

"이번에는 지지 않아!"

실바도 단단히 각오했는지 재중을 향해 빠르게 달렸다.

재중도 피하지 않고 실바를 마주 보고 드리블을 시작했다.

이번에는 모래 해변이 아닌 잔디 위에 재중을 맞이한 실바는 재중의 플리플랩을 경계하는 듯 공에서 시선을 떼지 않았다.

하지만 재중이 공을 자신의 발 뒤로 넘기는 순간, 공이 사라져 버렸다.

"샷포!"

재중이 보인 것은 공을 뒤꿈치에 올려 등 뒤에서 앞으로 넘기는 샷포라는 기술로, 사실 요즘은 거의 사용하지 않는 기술이기도 했다.

워낙에 동작이 크고 1:1에서만 위력을 발휘하는 기술이었는데, 요즘처럼 조직력으로 하는 축구가 대세인 시대에는 맞지 않았으니 말이다.

거기다 샷포는 실패했을 때 완전히 공을 뺏기는 단점이 있기도 했다.

한마디로 득보다 실이 많은 기술이 바로 샷포였다.

실바도 동물적인 감각으로 재중이 공을 머리 위로 넘겼다는 것을 알고 곧바로 몸을 돌렸다.

한데 당연히 샷포로 공을 넘겼다면 있어야 할 공이 없는 것이다.

"……!!"

툭!

공이 없다는 것에 잠깐 당황한 실바가 멈칫거리는 순간, 그제야 재중이 넘긴 공이 떨어지는 것이 실바의 눈에 보였다.

하지만 그것도 잠시였다.

어느새 실바의 몸을 축으로 물 흐르듯 부드럽게 회전한 재중이 앞으로 막아서더니 그대로 공을 몰고 달려가 버렸다.

"샷포와… 마르세유턴을 동시에… 써……?"

공이 없긴 했지만 공을 높이 올려 시간 차를 두어서 실바를 당황하게 만들어 버린 것이다.

실바가 잠깐 멈칫거리는 순간 재중은 실바의 몸을 중심으로 공 없이 마르세유턴을 하더니 마지막 수비수였던 실바까지 제쳐 버렸다.

그대로 공을 몰고 골대까지 간 재중은 골키퍼 바로 앞에서 동영상으로 더욱 유명해져 버린 재중만의 기술, 양발 더블 플리플랩으로 골키퍼를 따돌려 버렸다.

그리고는 공을 몰고 골대 안으로 걸어 들어가 골인을 시켰다.

"……."

재중이 골대 안에 공과 함께 서 있는 모습을 지켜본 브라질 대표팀은 모두 믿어야 할지 말아야 할지 판단이 잘 서지 않는 듯 멍한 눈들이었다.

단체로 멘붕이 왔으니 어쩌면 지금 이 반응이 당연할지도 몰랐다.

물론 실바는 또 패했다는 것에 주먹을 강하게 움켜쥐었지만 말이다.

"11명과… 1명이 했는데… 11명인 우리가 졌다는 것을… 어떻게 생각해야 되냐?"

가장 처음 재중을 마주했고 덕분에 처음부터 재중이 골대 안으로 걸어 들어가는 장면까지 모두 지켜본 파를로스가 옆의 선수에게 물어봤다.

하지만 대답을 들을 수는 없었다.

이미 모든 정신이 골대 안에 서 있는 재중에게 집중되어 있었으니 옆에서 말하는 파를로스의 목소리가 귀에 들어올 리가 없는 것이다.

그건 한 사람에게 국한된 것이 아니라 지금 잔디 위에 있는 모든 브라질 대표팀 선수에게 해당되는 상태였다.

재중은 자신의 발치에 놓여 있는 브라주카를 들고 천천히 경기장 잔디 위를 벗어났다.

재중이 루이스 감독에게 공을 넘겨주기 전까지 누구 하나 움직인 사람이 없을 만큼, 지금 이곳은 충격과 함께 정적만이 흐르고 있었다.

"즐거웠습니다……."

재중은 루이스 감독에게 한마디를 남기고는 그렇게 경기장을 벗어나 버렸다.

뒤늦게 사라지는 재중의 뒷모습에 정신을 차리고 재중을 부르려는 듯 손을 들었던 감독은 곧 조용히 팔을 내렸다.

그리곤 박장대소를 했다.

"하하하하하하핫! 역시 이래서 축구는 재미있단 말야, 크크크큭."

넘사벽?

아니, 이건 넘사벽의 수준이 아니라, 완전 차원이 달랐다고 해야 했다.
그만큼 재중의 기술은 상상을 초월하는 것이었다.
거기다 선수들 본인은 아직 깨닫지 못하고 있지만, 실바를 제외하고는 재중의 옷깃조차 스치지 못했었다.
그나마 실바만이 유일하게 재중의 드리블을 멈추게 했으니 말이다.
그 외는 그냥 가면서 다 따돌려 버린 상황이었다.
"실바."
루이스 감독이 갑자기 실바를 부르자 실바가 빠르게 뛰어왔다.
"제법 친해 보이던데?"
실바가 재중과 나름 편안하게 대화하는 모습을 봤던 루이스 감독이 물어보았다.
하지만 어제 딱 하루 만나서 1:1 시합 한 번 했을 뿐인데 친하다고 하기에는 좀 그랬다.
"어제 처음봤습니다. 감독님."
실바가 솔직하게 대답했다.
하지만 감독은 오히려 입가에 미소를 지으면서 말했다.
"나는 방금 본 게 전부야. 나보다는 친하잖아. 안 그래?"
"그야……."
감독은 완전 억지스러운 말을 하면서 실바에게 가까이 다가가더니 말했다.

"잡아 와."

"네?"

"저 녀석은 축구의 신이 내린 사람이야! 무조건 잡아 와, 끌고 오든 납치하든 상관없어!! 무조건 데려와서 브라질로 귀화시켜야 해!!"

"감독님… 그건 좀 아니에요……."

"뭐가!! 저런 축구를 위해 태어난 사람을 그냥 둬? 미친 짓이야, 그건!!"

축구에 관해서라면 다혈질에 조금은 무식할 만큼 밀어붙이는 성격인 루이스 감독이다.

실바는 한숨을 내쉴 수밖에 없었다.

루이스 감독의 고질병이 도졌다는 것을 알았으니 말이다.

정말 순수하고 축구를 사랑하는 루이스 감독이지만, 유독 사람 욕심은 상식을 벗어나는 경우가 많았었다.

물론 출신 성분이나 그런 것을 따지지 않고 오로지 실력 하나만 보고 사람을 받아들이는 루이스 감독의 이런 욕심 때문에 실바가 세계적인 선수가 되기도 했다.

자국리그에서 5년 연속으로 우승컵을 거머쥔 것도 모두 자신이 발굴한 보석들을 다듬고 가르쳐서였다.

정말 감독으로서는 나무랄 데가 없는 사람이 바로 루이스 감독이었으니 말이다.

하지만 그 욕심도 이번만큼은 소용이 없었다.

“저도 감독님 이상으로 사정하고 매달려 봤지만… 소용 없었어요. 오늘 경기장에 온 것도 시우바 회장님이 가보는 게 어떠냐고 밀어줘서 가능했지 아니면 오늘도 안 왔을 사람이에요.”

실바가 고개를 저으면서 뒤로 물러나자 루이스 감독은 곧장 주머니에서 전화를 꺼내더니 시우바 회장에게 전화를 걸었다.

감독은 무작정 어떻게 해야 재중을 브라질 사람으로 만들 수 있냐고 들이댔지만 결국 돌아오는 대답은 ‘NO’ 였다.

“왜? 저런 실력을 가지고 있는데 축구를 안 해? 어째서?”

루이스 감독은 지금은 사라진 재중이 나간 입구를 보면서 너무나 억울해하는 표정으로 한참 동안 울부짖었다.

하지만 그런 모습을 뒤에서 보던 실바는 왠지 재중이 축구를 하지 않는 이유를 조금은 알 수 있을 것 같기도 했다.

‘상대가 없으니까… 재미가 없는 걸지도…….’

뭐든 잘하는 것도 어느 정도 잘해야 재미가 있고 흥미가 생기는 법이다.

하지만 실바가 마주했던 재중의 실력은 넘을 수 없는 벽이 아니라, 꼭대기조차 쳐다볼 수 없을 만큼 높은 산이었다.

그 증거로 브라질 대표팀의 주전 11명이 전원 기다리고 있는 상황에서 재중의 발이 움직이는 순간부터 골문 안에서 멈추는 순간까지 걸린 시간이 불과 15초였다.

그냥 하프라인 중심에서 드리블해서 뛰기만 해서 골문까지 가는 데도 7초가 넘게 걸릴 거리였다.

그런데 브라질 대표팀 주전 11명이 모두 막아선 상황에서 15초 안에 골문에 걸어 들어간다?

이건 그 누구도 상상조차 해본 적이 없는 실력이었다.

사람들이 말하는 클래스가 다르다는 것을 넘어서 아예 다른 차원의 별에서 왔다고 해도 겨우 믿을 수 있는 실력을 직접 확인한 실바인 것이다.

하지만 그렇기에 느낄 수 있었다.

상대가 없기에 지루하고, 더 이상 오를 곳이 없기에 재미가 없는 그런 기분을 말이다.

물론 재중은 실바가 느끼는 것과는 전혀 다른 이유로 축구를 하지 않으려고 했다.

하지만 실바는 그냥 자기 멋대로 재중이 축구를 하지 않는 이유를 천재의 고독쯤으로 판단해 버렸다.

Chapter 08
차원이 다른 클래스

경기장을 벗어난 재중은 한국에서 카페 식구들이 올 때까지 나름대로 쟁롯에 대해서 알아보려고 했었다.

테라가 마족이라고 했으니 의심할 것도 없이 무조건 쟁롯은 마족이 맞을 것이다.

하지만 정신체로 이뤄져 있는 마족은 시체를 남기지 않는다는 특징이 있었기에 재중은 지금도 의아해하고 있었다.

마족은 너무나 강한 정신력에 의해 육체가 만들어진 존재였다.

그렇기에 대륙에서는 마족이 죽으면서 정신력이 흩어지면

육체도 소멸해 버리는 것이 당연하게 받아들여지고 있었다.

거기다 재중은 단 한 번이지만 마족을 상대로 싸워서 소멸시켰던 경험이 있었다.

때문에 더더욱 시체가 남은 마족의 존재가 호기심을 자극할 수밖에 없었다.

—마스터!

"응?"

묵직한 목소리에 주인공은 흑기병이었다.

그런데 흑기병의 목소리가 평소와 달리 조금 다급하다는 느낌을 줬다.

재중이 걸음을 멈추자 흑기병이 말을 이었다.

—방금 시우바 회장의 저택이 공격을 받았습니다.

"응? 저택이 공격을 받아?"

재중이 살펴본 바로는 청와대 수준의 철통 경계를 유지하던 곳이다.

더불어 수백 명의 경호원이 둘러싸고 있는 저택인데 공격을 받았다고 하니 놀랄 수밖에 없었다.

—현장에서 들은 정보를 종합하면 3곳의 카르텔이 협공을 한 듯합니다.

"……."

카르텔은 세계적으로 유명한 폭력 조직이다.

하지만 무엇보다 카르텔이 무서운 것은 그들의 화력에 있었다.

일반적으로 조폭하면 칼, 아니면 권총을 떠올린다.

그나마 총기가 자유로운 미국에서도 자동소총이 아마 대부분일 것이다.

하지만 브라질에 있는 카르텔은 화력의 수준이 완전 달랐다.

RPG는 기본이고 장갑차도 가지고 있는 카르텔이 흔했으니 말이다.

한때 구 소련군의 주력 공격용 헬리콥터인 MI—24를 소유한 카르텔도 있었을 정도였으니 일반적인 상식으로 생각하면 큰코다치는 게 바로 카르텔이다.

상황이 이러니 브라질에서 카르텔의 손이 닿지 않고서는 그 무엇도 할 수 없다는 말이 나올 수밖에 없었다.

물론 시우바 회장도 그것을 누구보다 잘 알기에 커피 농장을 이용해서 카르텔과 손을 잡았던 것이고 말이다.

하지만 아무리 시우바 회장의 저택을 수백 명의 용병 출신의 경호원이 둘러싸고 있다고 해도 군대 수준의 화력으로 밀어붙이는 카르텔을 상대로는 확실히 위험할 수밖에 없었다.

"피해는?"

재중은 상황이 어떻게 돌아가는지는 중요하지 않았다.

그렇기에 재중이 지금 묻는 피해는 시우바 회장의 저택의 피해가 아니라 재중과 관련이 있는 사람들의 피해를 묻는 것이었다.

—빠르게 지하로 대피를 시켰기에 상처 하나 없습니다, 마스터.

"그래… 그럼 됐어."

살아만 있으면 되었다.

팔이 떨어지든, 다리가 잘려 나가든 살아만 있다면 정상으로 되돌리는 것은 자신이 있었으니 말이다.

착각인지 모르겠지만 피 냄새가 재중의 코끝을 스쳐 지나가는 듯했다.

"지구에 와서는 피비린내를 맡을 일이 없을 줄 알았는데… 인생이란 참……."

지키기 위한 싸움을 대륙을 벗어나서도 해야 하는 자신의 운명이 참 아이러니했다.

하지만 재중의 발걸음은 이미 사람들의 시선이 잘 닿지 않는 어둠 속으로 향하고 있었다.

*　　*　　*

"연락은 어떻게 되었나."

지하실에 피해 있는 시우바 회장은 자신의 옆에 있는 경호원이자 지금까지 경호원 전원을 책임지고 지휘했던 덱스를 향해 물어보았다.

하지만 고개를 젓는 모습이었다.

"작정하고 온 것 같습니다……."

덱스의 말에 고개를 끄덕였다.

시우바 회장 자신도 이미 어느 정도 예상했던 것이었다.

물론 배신자 녀석들이 먼저 낌새를 알아차리고는 이렇게 무식하게 카르텔을 동원해서 쳐들어올 것이라고는 생각하지 못했지만 말이다.

아니, 배신자들에게는 선택지가 없었으니 예상을 했어야만 했다.

배신자를 그냥 둘 시우바 회장이 아닌 것을 알면서도 가만히 앉아서 처단의 칼날을 맞는다면 그것만큼 바보는 없었을 것이다.

하지만 이건 빨라도 너무 빨랐다.

세르지오가 재중의 손에 이끌려 시우바 회장에게 넘겨진 것이 바로 어제였다.

그런데 불과 하루 만에 대대적으로 카르텔을 동원해서 공격한다는 것은 이미 그보다 훨씬 전부터 이런 계획이 짜여져 있었다고 생각할 수밖에 없었다.

"군대 지원은?"

시우바 회장의 가장 든든한 뒷배경이라면 바로 그동안 손을 뻗어서 인맥을 유지한 브라질 군이었다.

아무리 카르텔이 대단하고 무섭다고 하지만 정규군과 정식으로 싸우면 카르텔이 패배하는 것은 뻔했다.

어쩌면 카르텔도 그걸 알고 있기에 철저하게 유, 무선을 차단하고 공격했을지도 몰랐다.

"연락이 되지 않습니다……."

"젠장!!"

시우바 회장은 자신의 방심이 불러온 상황에 이를 갈았다.

설마 이렇게까지 자신을 죽이려고 할 줄은 몰랐으니 말이다.

하지만 배신자들에게도 나름의 이유가 있긴 있는 편이었다.

뒤로 물러났다고 하지만 여전히 시우바 그룹의 중요 안건과 핵심적인 것은 모두 시우바 회장 허락이 떨어져야만 움직이는 상황이었다.

계열사 사장이라지만 벌써 20년 넘게 그 자리만 지켜온 그들은 불현듯이 이런 의문이 들었다.

이대로 계열사 사장으로 늙어서 은퇴하는 것이 아닌가 하는 의문 말이다.

이런 의문은 한 명이 아니라 계열사 사장 전원이 느끼고 있는 생각이기도 했다.

마음이 비슷한 사람들끼리 통한다고 해야 하나?

아무튼 처음에는 친한 사장들끼리 서로 이야기를 나누면서 조금씩 계획을 잡다가 점차 사람이 모이기 시작했다.

그러다 보니 결국 계열사 사장 전원이 이번 배신의 음모에 가입을 하게 되었다.

우선 가장 큰 문제인 시우바 회장을 처리하고 나서 자기들끼리 새로운 대표가 되기 위해서 싸울 것을 약속한 것이다.

사실 시우바 회장을 죽이는 것은 본래 이번 브라질 월드컵이 끝나고 나서 진행할 계획이었었다.

워낙에 시우바 회장이 밖으로 잘 나오지 않는 성격이기도 하지만, 노년에 들어서 늙은 몸이 무거운지 저택과 시우바 석유 외에는 그닥 모습을 드러내지 않았다.

때문에 마땅히 사고를 가장해서 죽일 만한 타이밍이 없었다.

다만 한 가지, 이번 브라질 월드컵이 끝나고 나면 브라질의 국가 사업에 뛰어들기로 한 스케줄을 알기에 그때 죽일 생각이었다.

그런데 그런 그들의 계획에 변수가 생겼으니 바로 재중의 존재였다.

커피라면 광적으로 좋아하는 시우바 회장이 퀸 오브 썬라이즈 때문에 불현듯 한국으로 떠나 버리자 세르지오도 발등에 불이 떨어진 것이다.

그렇게 소식 없이 움직일 시우바 회장이 아니었으니 말이다.

너무나 갑자기 움직인 탓에 기회를 놓친 것을 안타까워하던 세르지오에게 또다시 시우바 회장이 움직인다는 소식이 들어왔다.

어쩌면 두 번 다시 없을 기회였다.

세르지오는 그동안 시우바 회장에게 원한이 많은 산쵸카르텔을 뒤에서 빠르게 부추겼다.

무기를 준비해 주는 것은 물론 시우바 회장의 일정을 모두 알려주고는 죽이도록 지시했던 것이다.

그렇게 직접적으로, 아니, 간접적으로라도 이번 시우바 회장을 죽이려고 했던 산쵸카르텔의 테러에 전 계열사 사장이 포함되어 있었다.

그런데 그런 그들의 중심에서 선두 지휘를 하던 세르지오가 갑자기 실종이 되어버렸다.

워낙에 조심성이 많은 세르지오는 혹시라도 모를 자신의 안전을 위해 5시간마다 주변에 자신의 위치를 알렸는데 어제부터 그게 뚝 끊어져 버린 것이다.

배신자들은 순간 느낄 수가 있었다.

시우바 회장이 사건의 진실을 알아버렸다는 것을 말이다.

"쳐야 해."

"이대로 우리가 숙청당할 수는 없지."

"맞아. 일이 이렇게 된 거 시우바 회장이 죽든 우리가 죽든 둘 중에 하나뿐이야."

워낙에 뒤에서 모략 꾸미기 좋아하고 권력에 취해서 떵떵거리는 계열사 사장들이다.

세르지오가 실종되는 순간 시우바 회장이 자신들의 계획을 알게 되었음을 직감적으로 눈치챈 것이다.

본래 이런 인간들은 남의 일은 몰라도 자기에게 조금이라도 해가 되는 일은 용납하지 않는다.

그런 녀석들이 당장 자신의 목이 떨어져 나갈 상황을 모른다면 오히려 그게 더 이상했다.

궁지에 몰리고 벼랑 끝에 몰렸다고 해야 할까?

배신한 계열사 사장들은 결국 세르지오에게서 10시간이 넘도록 소식이 없자 가장 최후의 수단으로 생각했던 것을 실행하기로 했다.

그것이 바로 시우바 회장의 저택을 쓸어버리는 것이다.

그 누구 하나 살려두지 않는 것으로 말이다.

죽은 자는 말이 없는 법이고, 정승의 말이 죽으면 조문객이 많지만 정승이 죽으면 거들떠도 보지 않는다는 말도 있다.

보기에는 무식하고 말도 안 되는 작전일 것이다.

하지만 배신자들은 장담했다.

시우바 회장이 죽기만 한다면 시우바 회장의 뒤를 봐주던 사람 모두가 자신들에게로 돌아설 것이라는 것을 말이다.

무조건 시우바 회장을 죽이기만 하면 된다는 계획하에 실행한 계획이었다.

아무리 수백 명의 용병 출신 경호원이 둘러싸고 있는 시우바 회장의 저택이라도 속수무책으로 뚫리는 것은 당연했다.

"재중 군에게 연락은?"

녀석들이 일부러 시간을 맞췄는지, 아니면 운이 좋았는지 재중이 실바를 따라 밖으로 나가 버리고 난 뒤에 이런 상황이 벌어져 버렸다.

시우바 회장은 발만 동동 구르면서 어떻게든 재중에게만큼은 연락이 닿았으면 했다.

하지만 유선, 무선, 거기다 위성까지 모두 막혀 버린 상황에 당장 연락할 방법이 전혀 없어 답답한 마음만 커져 가고 있었다.

그런데 그런 시우바 회장의 뒤에서 돌연 반가운 목소리가 들리는 것이 아닌가?

“작정했나 보군요.”

“헉!!! 재중… 군?”

철컥!! 철컥! 철컥철컥!!

갑자기 시우바 회장 뒤에서 재중이 모습을 드러내자 용병 출신의 경호원들이 거의 본능적으로 재중을 향해 총을 겨눴다.

“재중 군이야.”

“……?”

다행히 시우바 회장이 빠르게 그들을 제지해서 재중에게 총을 쏘는 엄청난 실수를 하지는 않았다.

하지만 경호원들은 고개를 갸웃거릴 수밖에 없었다.

지금 이곳은 지하 2층에 있는 안전 실드였다.

입구는 지금 자신들이 지키고 있는 저 60센티 굵기의 특수 합금으로 만든 문을 빼고는 공기가 통하도록 만든 통풍구가 전부였다.

통풍구와 입구가 같은 위치에 있기에 그들 모르게 재중이 들어오는 것은 불가능한 일인 것이다.

그들은 고개를 갸웃거렸지만 질문하거나 끼어드는 경호원은 없었다.

용병 출신답게 의뢰자를 지키는 것과 적이 아니면 어떤 상황이라도 그냥 모른 체하는 것이 그들에게 있어서 불문율이었으니 말이다.

"용케 우리 상황을 알았군그래."

시우바 회장은 브라질에 재중을 초대하고 나서부터 연달아서 대형 사건이 터지고 있으니 기분이 착잡하기만 했다.

어떻게든 캐롤라인과 인연을 만들어서 재중을 곁에 두고 싶은 욕심에 시작한 일이었다.

한데 결과적으로 이런 대형 사건이 터지는 시발점이 되어 버렸으니 말이다.

"뭐, 저도 나름대로 정보가 있으니까요."

"후후훗… 뭐 그렇겠지……."

자신도 몰랐던 세르지오를 끌고 온 재중이었기에 방금 한 말을 그대로 받아들인 시우바 회장이었다.

주변을 살펴보던 재중이 물었다.

"천서영 씨와 캐롤라인 양이 보이지 않는군요?"

"아… 그들은 지하 3층에 있네, 본래 핵전쟁이 터지더라도 버틸 수 있게 만들어진 곳이고 최소 6개월은 지낼 수 있도록 모두 준비가 되어 있어서 그곳이 가장 안전하거든."

"음……."

재중도 아래쪽에 또 하나가 있다는 것을 알고는 있었다.

하지만 그 정도로 준비가 되어 있을 줄은 몰랐었기에 살짝 감탄했다.

뭐, 안전하다면야 더 이상 재중이 신경 쓰지 않아도 되었다.

또 천서영의 그림자에는 흑기병이 들어가 있으니 정말 최악의 경우에도 안전할 것이라는 판단이 섰다.

곧 재중은 관심을 돌려 위를 한 번 쳐다보더니 말했다.

"얼마나 버티면 됩니까?"

뭔가 지난번 테러를 당했을 때와 흡사한 느낌이 묻어나는 재중의 목소리에 시우바 회장의 눈빛이 떨리기 시작했다.

"사실 전혀 연락이 닿지를 않고 있네. 하지만 이런 녀석들의 공격이면 늦어도 3시간 뒤에는 정부에서도 알아차리겠지."

시우바 회장이 믿고 있는 것은 바로 정부였다.

이렇게 장갑차까지 동원해서 RPG를 쏘는 미친 짓을 하는 카르텔이라면 정부에서 늦어도 몇 시간 안에 자신의 위험을 알아차릴 것이라고 생각하고 그것에 희망을 걸고 있는 표정이었다.

하지만 재중은 시우바 회장의 말을 듣고 나서는 입가에 미소를 그리더니 고개를 옆으로 저어버렸다.

"만약에 회장님이 죽는다고 가정한다고 해도 정부가 움직일까요?"

멈칫!

재중의 말을 들은 시우바 회장은 순간 자신의 모든 움직임이 멈췄다는 것도 느끼지 못할 만큼 충격을 받은 표정으로 변했다.

아니, 어렴풋이 스스로도 알고 있었을 지도 몰랐다.

자신이 죽는다면, 아니, 자신이 죽는 것이 확실하다면 과연 정부가 움직일까?

그렇게 생각해 보니 굳이 재중의 말이 아니라도 정부가 움직이지 않을 가능성이 컸다.

자신이 죽는다면 정부의 녀석들은 빠르게 배신자인 계열사 사장들에게 들러붙을 것이 뻔했다.

그리고 그냥 카르텔끼리의 분쟁으로 사건을 덮어버릴 것이 뻔했고 말이다.

"내가 너무 방심했군……."

굳이 입 밖으로 꺼내지 않았지만 지금 카르텔의 공격을 버틴다는 것은 사실상 불가능에 가까웠다.

시우바 회장은 자책하듯 한마디 하고는 옆의 의자에 힘없이 앉아버렸다.

아니, 이미 유선, 무선, 그리고 위성까지 막혔을 때 어렴풋이 느끼고는 있었지만 스스로 외면했을지도 몰랐다.

정부도 배신자들과 손을 잡았다는 믿고 싶지 않은 사실을 말이다.

"회장님……."

덱스가 시우바 회장의 곁에 다가와 작게 위로하듯 말을 건네려고 했지만 곧 입을 다물어 버렸다.

덱스도 이미 수많은 전쟁을 통해 어렴풋이 지금이 자신들에게 최악의 상황이라는 것을 느끼고 있었다.

굳이 말을 하지 않았을 뿐이었다.

시우바 회장이 무너지면 더 이상 작은 희망조차도 없을 테니 말이다.

완전히 바닥까지 가라앉은 분위기였다.

더 이상 정부의 도움이 없을지도 모른다는 생각은 순식간에 이곳의 분위기를 바닥까지 내려앉아 버리게 했다.

하지만 유일하게 재중만은 잠시 생각하는 듯 가만히 서 있다가 입을 열었다.

"다 죽이면 해결되는 거군요."

"……?!"

"그게… 무슨……?"

지금 상황에 전혀 어울리지 않는 재중의 말에 덱스는 자신도 모르게 한마디 했다.

하지만 시우바 회장은 의자에서 벌떡 일어서더니 재중을 놀란 눈으로 쳐다보더니 외쳤다.

"해주겠는가?"

"회장님? 그게 무슨?"

지금 상황에 전혀 이해가 가지 않는 시우바 회장의 발언이었다.

당황한 덱스가 뭐라고 하려고 했지만 그전에 시우비 회장의 손이 먼저 올라가 그를 제지해 버렸다.

"뭐, 그리 어려운 건 아닙니다. 그저 귀찮을 뿐이죠."

평온한 재중의 얼굴에서 테러를 당했을 때 느꼈던 그 분위기를 다시 똑같이 느낀 시우바 회장이었다.

시우바 회장은 공손히 재중을 향해 90도로 고개를 숙이면서 말했다.

"살려주게, 내가 아니라 내 가족과 브라질 국민들을 위해서 말이네."

"회장님… 어쩌자고… 그런 말도 안 되는……."

덱스는 시우바 회장이 너무 절망적인 상황이라 미쳐 버렸다고 생각했다.

재중에게 부탁하는 모습은 마치, 재중이 나서면 지금 상황은 아무렇지 않게 해결된다는 것을 확신하는 듯한 눈빛과 행동이었다.

도저히 정상이라고 생각할 수가 없는 모습이었으니 말이다.

그런데 덱스가 그러거나 말거나 재중은 고개를 끄덕이더

니 말했다.

“단, 이번 일이 외부로 새어 나가서는 안 됩니다. 그건 아시죠?”

재중이 입가에 미소를 지으면서 당부의 말을 하자 시우바 회장도 고개를 강하게 끄덕였다.

“그건 걱정 말게, 내가 살아 나간다면 내 앞을 막을 것은 없으니 말이야.”

“그럼 제가 처리하죠.”

그리고는 모두가 보는 앞에서 재중의 몸이 어둠 속에 녹아내리듯 사라져 버렸다.

“헉!!! 뭐… 뭐야!!”

덱스는 지금까지 전장을 그렇게 떠돌았지만 재중과 같은 모습은 본 적이 없었다.

너무 놀란 덱스는 무언가 묻고 싶은 마음이 가득한 눈으로 시우바 회장을 쳐다보았다.

“놀랍지 않나? 나도 가끔은 재중 군이 과연 인간인지 궁금할 때가 있단 말야……. 뭐, 적이 아니라는 것에 하늘에 감사하지만, 후후후훗…….”

순식간이었다.

재중이 사라지자마자 시우바 회장의 표정이 완전히 살아나 버렸던 것이다.

이미 이번 카르텔의 공격은 안중에 없는 듯했다.

시우바 회장은 이번 사태를 일으키고 뒤에서 도움을 준 모든 녀석을 철저하게 응징할 생각으로만 가득 차 있었다.

Chapter 09
전쟁의 향기

"전쟁이구만."

지하에서 모습이 사라진 재중이 다시 나타난 곳은 RPG로 이미 반파 상태가 되어버린 저택의 1층 로비였다.

이미 주변은 저택을 지키던 경호원들과 맞은편에 있는 카르텔들의 총탄이 빗발치는 상황인 것은 굳이 말할 필요가 없었고 말이다.

"누구냐!!!"

철컥!!

갑작스럽게 나타난 재중을 보고 놀란 경호원 하나가 거의 반사적으로 손에 들고 있던 총을 들어 재중을 겨눴다.

그리고 재중을 향해 방아쇠를 당기기 직전.

"멈춰! 손님이다!"

가까스로 옆에 있던 경호원이 재중을 알아보고는 막았다.

다행히 아군을 총으로 쏘는 상황은 피할 수가 있었지만 경호원들은 왜 재중이 이곳에 있는지 이해가 가지 않았다.

피융!!

퍽!!

지금도 총알이 살짝 재중의 옆을 지나가면서 머리카락을 흩날리며 뒤쪽의 벽에 박혀 들어가는 상황이었다.

한데 재중은 방금 자신의 머리가 터질 뻔했다는 것에도 아랑곳하지 않았으니 말이다.

그리고 경호원들에게 뜻밖의 명령이 내려졌다.

"뭐? 철수하라고?"

"미친… 지금 여기가 마지막 실드인데 여길 철수하면 어쩌라는 거야?"

단파 무전기로 들려온 덱스의 명령에 경호원 모두가 어이없다는 표정을 지었다.

더 황당한 것은 재중을 두고 경호원 전원이 지하로 내려와 피신하라는 명령이었다.

일반적인 경호원들이라면 당연히 지금 명령은 받아들일

수가 없을 것이다.

따르지 않는 사람들도 있을 것이 분명하고 말이다.

하지만 전쟁 용병 출신으로만 짜인 경호원들이기에 아무리 황당한 명령이라도 몸이 먼저 반응하는 것은 어쩔 수 없는 듯했다.

고개를 흔들면서 이해를 할 수 없다는 표정을 지으며 재중을 쳐다보기는 했다.

하지만 몸은 빠르게 지하 실드를 향해 이동하고 있었으니 말이다.

그리고 불과 2분 정도 시간이 지났을까?

마치 전쟁터 한가운에 있는 듯 끊임없이 총소리가 울려 퍼지던 저택이 갑작스레 고요해졌다.

저택 내에서 끝까지 버티던 경호원이 모두 지하로 내려가 버리자 카르텔들도 뭔가 이상하다는 것을 느꼈는지 사격을 중단했다.

사격이 멈추니 자연스럽게 사방에 적막이 흐를 수밖에 없었다.

"뭐지?"

"다 죽었나?"

"뭐지? 이럴 거라고는 듣지 못했잖아?"

"누가 보스 불러봐, 어서!"

불과 몇 분 전까지 죽기 전에는 뚫지 못할 듯 맹렬히 저항하던 경호원들이 감쪽같이 사라지자 오히려 카르텔들이 당황하기 시작했다.

아무래도 마약을 기반으로 덩치를 불린 카르텔들이다 보니 의외의 상황이 벌어지자 분위기가 어수선해졌다.

갑작스럽게 경호원들이 사라진 상황에 어떻게 해야 할지 갈피를 못 잡고 우왕좌왕하고 있었다.

"에잇!! 까짓 거 뚫고 들어가서 늙은이 목만 따면 되잖아! 기다릴게 뭐 있어?"

가장 앞에서 총질하던 카르텔 조직원 하나가 큰소리치더니 자리에서 박차고 일어나 몸을 벌떡 일으켜 세웠다.

그는 긴장한 표정으로 정면을 바라봤는데, 역시나 고요하니 아무런 반응이 없었다.

그러자 득의양양한 미소를 입가에 띠우더니 뛰어나가면서 큰 소리로 외쳤다.

"늙은이 목에 걸린 상금은 내 거다!! 푸하하하하!!"

카르텔 내부에서도 시우바 회장의 목에 상금을 무려 100만 달러나 건 상태였다.

한국 돈으로 환산하면 10억 원 정도였다.

현재 브라질의 빈부 격차를 생각하면 아무리 카르텔의 조직원이라고 해도 웬만큼 간부급에 올라가지 않는 이상 버는

돈이 적을 수밖에 없었다.

그런 그들에게 10억이라는 돈은 충분히 눈이 뒤집히게 할 만했다.

총알이 빗발치는 상황에서도 앞으로 나가게 할 수 있는 원동력을 부여한 셈이었다.

한마디로 시우바 회장을 죽이려고 카르텔 3곳이 아예 작정하고 연합한 것이다.

물론 카르텔들도 시우바 회장을 죽임으로써 얻는 것이 많았기에 이런 손해가 심한 전쟁을 시작한 것이기도 했다.

각 계열사의 사장들이 연합해서 카르텔들이 시우바 그룹에 깊숙이 침투할 수 있는 기틀을 만들 수 있다면 이 정도 희생은 그들에게는 얼마든지 흘릴 수 있는 피였으니 말이다.

카르텔은 카르텔대로, 배신자인 계열사 사장들은 사장들대로 서로의 이익을 위해 과감한 움직임을 한 셈이었다.

물론 이들 모두가 원하는 것이 시우바 회장의 죽음이라는 점이 일치했기 때문이었다.

단 하나의 목표를 위한 움직임이었다.

아마도 재중이 없었다면 시우바 회장이 죽는 것은 거의 100% 확률이긴 했다.

정부에 입김을 넣어서 무려 5시간 동안 이 근처의 모든 눈과 귀를 막아버린 후에 카르텔을 동원해서 총 공격을 퍼부었다.

그걸 버틴다면 그게 오히려 이상할 것이다.

물론 재중이 없었다면 말이다.

"늙은이, 기다려라! 내가 목을 따주……."

퍽!!

휘이익!!!

퍼걱!!

가장 앞장서서 저택 안으로 들어서던 조직원이 말을 미처 끝내지도 못하고 무언가 강한 힘에 튕겨져 나갔다.

그러더니 자신이 처음 뛰쳐나왔던 담벼락에 그대로 부딪쳐서 즉사해 버렸다.

주르르륵…….

얼마나 강하게 날아갔는지 일직선으로 사람이 날아가다 부딪치자 머리가 깨어지고 몸이 반쯤 으스러져서 마치 젤리가 벽을 타고 흘러내리듯 서서히 땅바닥으로 미끄러져 내려가고 있었다.

그 모습에 일순간 함께 뛰쳐나가려던 다른 카르텔 조직원들의 움직임이 멈춰 버렸다.

"뭐… 야?"

"뭐가 어떻게 된 거야?"

갑자기 사라진 경호원들도 그렇고, 가장 먼저 저택으로 뛰어 들어갔던 녀석이 엄청난 힘에 튕겨져 날아와 벽에 부딪친 것도 그렇다.

이런 모습은 당연히 본능적으로 상황이 뭔가 이상하게 돌아간다고 느끼기에 충분했다.

처음 달려나간 녀석이 피떡이 된 모습은 카르텔 조직원들에게 완전 차원이 다른 공포를 심어주기에 충분했으니 말이다.

그 증거로 수백 명의 카르텔 조직원이 완전히 부서져서 그저 발만 옮기면 넘을 수 있는 담벼락을 넘지 못하고 멈춰 있었다.

저벅… 저벅… 저벅.

그리고 때마침 모두의 공포가 극에 달했을 때.

저택에서 걸어 나온 것은 단 한 명이었다.

은발의 머리카락을 바람에 흩날리면서 등장한 것은 어디서나 흔히 보는 옷차림을 한 청년이었다.

다만 특이한 것이라면 그의 눈동자가 밤하늘에 떠 있는 별빛과 같은 은색이었다는 것이다.

하지만 그가 손에 들고 있는 은빛 찬란한 롱소드 모양의 검 때문에 눈동자를 유심히 본 녀석은 없었다.

"뭐야… 저건?"

"저 미친놈은 누구야?"

"지금 자동소총으로 무장한 우리 앞에 칼 들고 설쳐? 미친 놈이네!"

아무리 주변을 살펴봐도 저택에서 걸어 나온 것은 오직 머리카락이 은발로 변해 버린 재중 혼자였다.

당연히 잔뜩 긴장했던 카르텔 조직원들의 긴장감이 풀어지기 시작했다.

총과 칼의 대결은 누가 봐도 총이 우월하게 앞선다.

카르텔 조직원이 아니라도 누구나 아는 기본 상식이었으니 이런 반응은 어쩌면 당연했다.

그런데 칼을 들고 자신들을 막아선 것도 기가 막힐 지경인데 거기서 끝이 아니었다.

재중이 걸음을 멈추더니 들고 있던 칼로 저택 앞 정원 중간쯤 땅에 금을 긋기 시작했다.

정확하게 카르텔들이 있는 곳과 저택의 중간 지점에 말이다.

사실 지금 이 순간 카르텔 측에서 누가 총을 한 방이라도 쏘면 재중이 피를 토하며 쓰러질 것이라고 생각하는 녀석이 많았다.

그런데 이상하게도 정작 쏘는 녀석은 없었다.

당연히 옆에서 보면 카르텔 조직원들이 바보처럼 보일 수도 있을 것이다.

하지만 초반에 동료 하나가 압도적인 힘에 튕겨져 나와 피떡이 되는 것을 본 상태였다.

때문에 지금 녀석들은 약간의 혼란이 온 상황인 것이다.

그런 상황이기에 지금 재중이 땅바닥에 금을 긋는데도 그걸 그냥 지켜보고 있는 황당한 모습이 성립되었다.

그렇지만 이런 상황도 중간 보스급으로 보이는 녀석이 나타나면서 바뀌어 버렸다.

"뭐해!! 이 꼴통들아!! 그냥 갈겨 버리고 얼른 늙은이 목을 따야 할 거 아냐!! 100만 달러 가질 놈이 아무도 없어? 응?!!!"

퍼뜩!!

압도적으로 밀어붙이는 상황이라 명령권을 가지고 있는 중간 보스 녀석이 눈먼 총알에 맞아 죽기 싫어서 뒤로 물러나 있던 중이었다.

그러다 너무 조용한 것이 이상해서 뒤늦게 왔는데 이건 뭐, 수백 명이 칼 든 한 명에 막혀서 이러지도, 저러지도 못하고 있는 바보 같은 상황이 펼쳐져 있는 것이다.

중간 보스 녀석이 어처구니없는 상황에 버럭 소리쳐 버렸다.

"100만 달러……."

"늙은이 목만 따면……."

확실히 갑작스런 상황에 당황하던 조직원들에게 100만 달러라는 약빨은 즉효였다.

"까짓 거 갈겨 버려!!"

철컥!!

철컥! 철컥철컥!!!

중간 보스의 입에서 나온 100만 달러는 다시 녀석들의 정신을 깨우기에 충분했다.

수백 명이 일제히 자동소총을 들더니 재중 하나를 겨누기 시작했다.

"갈겨!!!"

타타타타타타타타타타타타타타타타탕탕탕!!!

중간 보스의 명령에 시작된 총소리는 마치 하늘에서 천둥이 내리치듯 했다.

재중이 있던 곳은 엄청난 소리와 함께 순식간에 흙먼지로 뒤덮여 버렸다.

불과 1분 남짓한 시간에 수천 발의 총알이 재중이 있는 곳 한곳만 노리고 집중적으로 날아왔다.

흙먼지가 피어오르는 것은 당연했다.

카르텔 조직원들은 이런 상황에 살아남는다는 것은 누구라도 불가능하다는 생각에 곧장 탄창을 바꿔 끼우고는 담을 넘어 발걸음을 옮겼다.

그런데 카르텔의 조직원들이 담장을 넘자마자 들려오는

목소리가 있었다.

"이 선을 넘는 놈은 무조건 죽는다."

섬뜩!!

절대로 큰 목소리가 아니었다.

그저 낮게 깔리면서 넓게 퍼지는 듯한 목소리.

하지만 그 목소리가 조직원들의 귓가에 스며드는 순간, 누구를 막론하고 걸음을 멈추고는 온몸에 소름이 돋는 경험을 했다.

흙먼지가 가라앉은 곳에는 멀쩡한 모습의 재중이 서 있었다.

아니, 재중의 앞에 커다란 검은색의 방패를 들고 검은색의 갑옷을 입은 중세시대 기사로 보이는 자가 서 있는 게 조금 달랐다.

어쨌든 수천 발의 총알이 쏟아졌음에도 재중은 옷깃 하나 상하지 않고 멀쩡하게 서 있는 모습이었다.

"말도 안 돼……."

"저건 뭐야… 도대체."

어떻게 살아남았는지 이유는 몰랐다.

하지만 그 알 수 없는 이유 때문에 카르텔 조직원들은 갑자기 공포를 느끼기 시작했다.

겨우 단 한 명 때문에 말이다.

철컹!

철컹!!!

재중의 앞을 커다란 방패를 세워 막았던 흑기병이 방패를 들어 자신의 등에 걸고 섰다.

그러자 갑자기 흑기병의 몸에서 엄청난 압박감이 폭발적으로 터져 나오더니 카르텔 조직원들을 하나하나를 뚫고서 지나가 버렸다.

덜덜덜… 덜덜덜…….

타탁!!

탁!!

오죽하면 흑기병의 압박감을 정면에서 받은 카르텔 조직원 몇몇은 버티지 못하고 손에 들고 있던 자동소총을 땅바닥에 떨어뜨리기까지 했다.

지금까지 금방이라도 밀고 들어가 시우바 회장의 머리에 총알을 박아 넣을 것을 확신하던 카르텔 조직원들에게 반전도 이런 반전이 없었다.

재중과 흑기병 단 두 명에 의해 수백 명의 카르텔 조직원이 공포에 떨고 있으니 말이다.

"미친… 이런 말은 없었잖아… 저런 괴물이 있을 거라고는……!!"

중간 보스도 뒤에서 지켜보고 있다가 흑기병의 압박감을

받았는지 몸을 떨었다.

하지만 뒤쪽에 있다 보니 거리가 멀어서 상대적으로 받는 압박감이 약했다.

때문에 흑기병 가까이 있는 녀석들 보다 정신을 차리는 것이 빨랐다.

다만 그저 정신을 먼저 차렸다는 것뿐, 아직도 발이 쉽게 떨어지진 않고 있었다.

그때 중간 보스의 눈에 RPG—7(대전차 로켓포)이 눈에 딱 보이는 것이 아닌가?

그것도 손을 뻗으면 닿을 듯 아주 가까운 곳에 말이다.

덥썩!

철컥!!

그 다음은 생각할 것도 없었다.

RPG—7을 집어 든 중간 보스는 어깨에 그것을 올리고 곧바로 겨냥하더니 방아쇠를 당겼다.

푸쉬아아하하학!!!

RPG—7의 방아쇠가 당겨지자 뒤쪽으로 불꽃과 퍼지는 것과 동시에 대전차 로켓탄이 튀어나갔다.

로켓탄은 정확하게 재중이 있는 곳을 향해 날아가기 시작했는데, 재중의 눈에도 자신을 향해 날아오는 로켓탄이 선명하게 보였다.

철컹!!

흑기병이 곧바로 등에 있던 방패를 집기 위해 손을 올리는 순간, 오히려 재중이 앞으로 나서면서 흑기병의 앞을 막아버리는 게 아닌가?

푸휘이이이익!!!

장갑차도 제대로 맞으면 순식간에 박살이 나버리는 로켓탄이 날아오는데도 재중은 오히려 평온한 표정이었다.

재중은 손에 들고 있던 오리하르콘 검을 살짝 흔들었다.

로켓탄이 거의 한 걸음 앞까지 날아온 순간.

번쩍!!!

재중의 앞에 은빛의 호선이 현란하게 그려지더니 로켓탄이 마치 레고 블록이 부서지듯 수십 조각으로 잘려 재중을 지나쳐 뒤로 날아갔다.

콰광!!

잘려진 수십 조각의 로켓탄은 정확하게 재중을 지나친 뒤에 허공에서 굉음과 함께 사라져 버렸다.

"……!"

"……."

카르텔 조직원들은 인간이 검으로 RPG—7의 로켓탄을 잘라 버리는 광경을 고스란히 목격하고 말았다.

그들은 멍하니 그 모습을 지켜보다가 순간 비명을 내질

렸다.

"으악!! 괴물이야!!!"

가장 앞에서 이 모습을 똑똑하게 보았던 조직원 하나가 총을 버리고는 뒤돌아 도망쳤다.

"으아아악!!!"

전열이 와해되는 것은 한순간이었다.

마치 도미노처럼 순식간에 수십 명이 도망치기 시작했다.

곧 담을 넘었던 카르텔 조직원 전원이 다시 담 너머로 사라져 버린 것이다.

"이 새끼들아!! 어딜 가!! 저걸 죽여야지!!!"

중간 보스도 설마 로켓탄까지 잘라 버리는 괴물 같은 녀석이 있을 줄은 몰랐다.

하지만 지금 이곳에서 물러나면 자신이 조직의 손에 살해당할 것이 확실했다.

그렇기에 죽어라 도망치는 부하들을 향해 소리쳤지만 그 말을 듣는 조직원은 하나도 없었다.

급기야 중간 보스도 어쩔 수 없이 품에서 권총을 꺼내 들더니,

탕탕탕!!

가장 앞에서 도망치던 부하 셋의 가슴에 총알을 박아 넣어 버렸다.

"이제부터 도망치는 놈은 다 죽는다! 이대로 도망쳐 봐야 조직 손에 죽는 걸 잊었나!! 가란 말야!! 가서 저 괴물을 죽여!! 죽이란 말야!!"

확실히 가장 먼저 도망친 조직원 셋을 죽인 것이 효과적이었는지, 아비규환에 가까웠던 상황은 어느 정도 진정이 된 듯했다.

그러나 패닉에 빠져서 정신없이 도망치던 조직원 전원의 발을 묶는 데는 성공했지만, 아무리 소리쳐도 그 누구도 재중이 있는 저택 안으로 들어가려고 하질 않고 있었다.

수천 발의 집중사격에도, RPG-7의 로켓탄마저도 전혀 소용이 없는 재중이다.

재중을 상대로 자신들이 할 수 있는 것이 없다는 것을 굳이 말하지 않아도 확인했으니 말이다.

당장 이번 일이 실패하면 목이 떨어질 중간 보스 녀석만 눈이 뒤집혀서 길길이 날뛰고 있을 뿐, 단 한 명도 움직이려는 부하가 없었다.

"젠장… 그렇단 말이지……."

아무리 허공에 총 쏘면서 난리를 쳐도 소용이 없었다.

오히려 처음에 셋을 쏴 죽여 버린 탓에 부하들의 눈빛에서 자신을 향한 불신과 적의가 가득한 것을 읽을 수 있었다.

중간 보스는 어쩔 수 없이 자신이 살기 위해서 스스로가 움직일 수밖에 없는 지경에 이르렀다.

급한 마음에 도망치는 부하를 쏴 죽였지만 결과적으로 최악의 선택을 한 셈이 되어버렸다.

그가 직접 움직이기 위해 향한 곳은 정말 혹시나 모를 만일의 상황에 대비하기 위해서 조직에서 겨우 빌려온 Iveco VBTP—MR Guarani 장갑차였다.

경찰이나 민수용으로 만들어진 것이 아니라, 브라질이 이탈리아로부터 도입하여 정식으로 면허를 얻어 생산하고 있는 것이었다.

바퀴가 총 6개가 달린, 말이 장갑차지 시가지 전에서는 전차보다 더욱 막강한 화력과 위력을 발휘하는 것이 바로 Iveco VBTP—MR Guarani 장갑차였다.

본래 이것은 브라질에서 군의 현대화를 위해서 1999년부터 추진한 브라질 육군의 URUTU—III 현대화 프로제트의 일환으로 가장 먼저 생산하고 있는 장갑차이다.

현재 브라질에서도 아직 다 보급하지 못한 것을 마약 조직인 카르텔이 소유하고 있다는 것부터가 브라질에서 카르텔의 위치가 어느 정도인지 단편으로 보여주고 있는 상황이었다.

"크크큭, 죽여주지… 이걸로 말야!!"

장갑차에 올라탄 중간 보스는 운전석에 앉더니 스위치를 올렸다.

부르르르릉!!!

마치 전투기 계기판을 보는 듯 불이 들어오면서 사자가 잠에서 깨어나며 포효를 하듯이 장갑차에 시동이 걸렸다.

조종석에 있는 중간 보스가 바로 앞에 있는 검은색 레버를 움직이자, 마치 게임을 하듯 장갑차 위에 달려 있던 30mm 기관포가 움직이기 시작했다.

지금까지 알고 있던 장갑차와는 달리 조종석에 있는 사람이 혼자서도 충분히 전투를 치를 수 있도록 원격 스테이션이 장착된 최신식이었던 것이다.

"죽어버려라!!! 이 괴물아!!!"

쾅!! 쾅!! 쾅!!!

자동소총의 소리는 완전 어린애 장난 수준이었다.

조정석에 있던 중간 보스가 방아쇠를 당기자 30mm의 엄청난 크기를 자랑하는 기관포에서 굉음과 함께 마치 전차가 대포를 쏘는 듯 총알이 날아갔다.

흑기병이 빠르게 재중의 앞을 막아서더니 방패를 들어 땅에 박아버렸다.

촤라라락!!

철컥!!

그러자 마치 방패가 살아 있는 듯 옆으로 넓게 퍼지더니 재중과 흑기병 전부를 감싸듯 모습이 변형되는 것이 아닌가?

조금 전 수천 발의 총알을 버틴 것도 모두 흑기병의 방패가 이렇게 한쪽만 방어하지 않고 알아서 모습을 변화해 방어 범위를 조정했기에 가능했었다.

다만 쏟아지는 총알 세례로 인해 생긴 흙먼지로 그걸 본 사람이 없었을 뿐이었다.

꽝!!! 꽝!! 꽝!!!

마치 영점을 잡듯 장갑차에서 발사된 30mm탄이 정확하게 흑기병의 방패를 때렸다.

하지만 오히려 30mm탄이 방패에 튕겨 옆으로 날아가 버렸다.

"저걸… 버텨!!! 저런 미친!!! 죽어!!"

설마 했는데 30mm탄까지 막아버린다.

그 모습에 더 이상 방법이 없다는 것을 깨달은 중간 보스는 결국 방아쇠를 있는 힘껏 당겨 연발로 쏴버렸다.

쾅쾅쾅쾅쾅!!!

엄청난 굉음과 함께 진한 화약 냄새가 순식간에 주변을 가득 채웠다.

그만큼 장갑차에서 쏘는 30mm탄의 위력은 상상을 초월했다.

하지만.

꽝꽝꽝!! 꽝꽝꽝!!

마치 바위로 계란을 치듯 아무리 쏴도 흑기병의 방패는 꿈쩍도 하지 않는 것이 아닌가?

오히려 30mm탄이 방패에 부딪치는 순간 산산이 부서져 사방으로 퍼져 나가면서 조직원들이 파편에 맞아 다치거나 죽는 상황이 속출하고 있는 지경이었다.

하지만 이미 눈이 뒤집혀 버린 중간 보스는 그런 것은 아랑곳하지 않았다.

오직 흑기병의 방패를 부숴 버리겠다는 일념에 계속 방아쇠만 당기고 있을 뿐이지만 말이다.

"아무래도 이대로는 안 되겠군."

재중은 가능하면 공포심을 이용해서 빠르고 깨끗하게 처리할 생각이었다.

그런데 미친놈 하나가 군용 장갑차까지 동원해서 이렇게 쏴대면 아무리 재중이라도 그냥 맞고만 있을 수는 없는 상황이 되었다.

물론 흑기병의 방패는 아만티움으로 만들어졌으니 아무리 30mm탄이 두들겨도 흠집 하나 생기지 않겠지만 그렇다고 이렇게 가만히 있는 것도 성격에 맞지 않았었다.

—마스터, 제가 처리하겠습니다.

재중이 움직이려고 하자 흑기병이 말렸다.

"모든 것을 부하에게 맡기면 내 몸이 녹슬 거야. 방패를 거둬."

재중이 흑기병의 앞으로 나서면서 명령했다.

지금도 총알이 날아오는 상황인데도 흑기병은 1초의 망설임도 없이 방패를 번쩍 들어버렸다.

촤라라락!!!

그러자 커다란 크기의 방패가 조그마한 크기로 변해 버렸고, 그와 동시에 재중의 몸이 화살처럼 튀어나갔다.

꽝!

꽝꽝꽝꽝!!

손에 든 은빛의 오리하르콘 검 한 자루로 가장 최신식으로 평가받는 Iveco VBTP—MR Guarani 장갑차의 30mm탄을 쳐내면서 말이다.

"오지 마!! 오지 마!! 오지 마!!!"

장갑차에 타고 있던 중간 보스 녀석은 설마 재중이 총알이 쏟아지는 도중에 방패를 치우고 달려들 것이라고는 생각조차 하지 않고 있었다.

그러다 재중이 검으로 총알을 튕겨내면서 빠르게 달려오는 모습에 비명에 가까운 소리를 치르면서 액셀러레이터를 강하게 밟았다.

부르르릉!!

끼이이익!!

18톤에 달하는 엄청난 덩치의 장갑차가 빠르게 재중을 향해 달려들기 시작했다.

재중도 장갑차가 움직이는 것을 보고는 혀를 찼다.

"미친놈, 죽으려면 혼자 죽을 것이지."

재중이 움직이자 장갑차도 움직인 상황.

문제는 그 중간에 서 있던 카르텔의 조직원들이었다.

그들에게는 날벼락이 떨어진 것과 같았다.

갑자기 가장 안전하다고 생각했던 뒤쪽의 장갑차가 움직이더니 자신을 밟고 지나가는 상황이었으니 말이다.

벌써 5명이 장갑차의 바퀴에 깔려서 시체조차 온전하지 않는 상태였다.

재중은 인상을 찡그릴 수밖에 없었다.

무려 18톤의 무게를 가진 장갑차가 덮치는 상황에 인간의 몸이 버틴다는 것은 애초에 불가능했다.

거기다 재중이 아무리 전쟁을 오래했다지만 살육을 즐기거나 전쟁에 미치거나 그런 것도 아니었다.

이성을 잃고서 장갑차로 부하들을 죽이면서 달려드는 광란의 질주를 시작한 중간 보스 녀석에게 짜증까지 일어났다.

"죽어!! 크하하하하! 죽어!!"

엄청난 크기의 장갑차가 재중의 눈앞까지 다가왔고 재중도 빠르게 장갑차의 앞으로 달려가고 있었다.

장갑차가 바로 손에 닿을 거리에 도착할 무렵.

좌라라라락!!!

재중의 몸이 순식간에 은색으로 바뀌면서 재중은 달려오던 속도 그대로 몸을 비틀어 장갑차를 향해 주먹을 내뻗었다.

꽈아앙!!!

쿠콰쾅쾅쾅!!

쾅~!!

끼이익… 끼이이기… 끼이익…….

엄청난 소리에 이곳에 있던 모두가 귀를 막고 눈을 감았다.

그리고 잠시 뒤, 눈을 뜬 모두는 믿을 수 없는 것을 보고야 말았다.

장갑차와 부딪친 재중은 주먹을 뻗은 모습 그대로였고, 황당하게도 부딪친 장갑차가 무려 뒤로 10미터나 날아가 뒤집혀 있었다.

거기다 뒤집힌 장갑차의 바퀴가 제멋대로 돌고 있는 모습을 보고 있노라면, 정말 자신들이 보는 게 꿈인지 생시인지 판단이 서지 않았다.

"저거… 누가 믿을까?"

인간과 18톤의 무게를 가진 장갑차가 부딪쳐서 장갑차가 뒤로 날아가 뒤집혔다면 누가 들어도 미친놈이라고 할 것이다.

하지만 이곳에 있는 아직까지 살아남은 수백 명의 카르텔 조직원은 직접 눈으로 보았기에 미쳤다고 해도 어쩔 수 없었다.

저벅…….

"아직도 계속할래?"

천천히 내뻗은 주먹을 거둬들이고 몸을 돌려 멍하니 서 있는 조직원들에게 한마디 했다.

도리도리!!!

수백 명이 약속이나 한 듯 똑같은 타이밍에 고개를 힘차게 흔들어대더니.

투다다다다닥!!!

흙먼지를 일으키면서 사라져 버렸다.

수백 명이 재중의 시야에서 사라지는 데 걸린 시간이 불과 1분 남짓인 것을 보면, 그들이 느꼈을 공포가 어느 정도인지는 굳이 말할 필요가 없을 정도다.

완전히 카르텔이 물러나 적막이 흐르는 곳에 홀로 남은 재중은 어깨를 한 번 흔들더니 중얼거렸다.

"장갑차가 세긴 하네."

오리하르콘으로 온몸을 감싸고 마나의 힘을 폭발시켰다.

전력을 다한 것은 아니지만 그래도 3할 정도의 힘을 썼는데 장갑차와 부딪친 충격에 손가락이 살짝 뻐근한 것을 느낀 것이다.

재중은 현대 과학 무기를 너무 쉽게 생각했던 것을 바꾸기로 했다.

물론 재중이 전력을 다했다면 재중과 부딪친 장갑차는 아마 주먹이 닿는 순간 폭발해서 흔적도 남기지 않았을 것이다.

하지만 적당히 힘 조절을 하면서 쉽게 보고 너무 힘을 뺐다는 것은 인정해야만 했다.

애애애앵!!! 애애애애앵~~!!!

재중이 천천히 걸어서 완전 다 무너져 가는 저택 안으로 다시 들어왔을 때쯤.

뒤쪽에서 요란한 사이렌이 울리더니 검은색 박스카 수십 대가 저택으로 들이닥쳤다.

이어 문이 열리고는 검은색으로 온몸을 꽁꽁 감싼 특공대가 쏟아져 나오는 게 아닌가?

"시우바 회장이 살아남았다고 판단하고 발 빠르게 움직인 녀석이 있다는 거군."

카르텔이 물러나고 겨우 10분 사이에 경찰특공대가 이처럼 들이쳤다는 것은, 이미 주변에서 대기하고 있었다는 것을 고스란히 보여주는 상황이었다.

물론 시우바 회장이 죽으면 시체를 처리하기 위해서였을 테지만.

재중 덕분에 카르텔이 꽁지가 빠져라 도망가 버리자 박쥐처럼 상황을 파악한 경찰 관계자 하나가 오히려 카르텔을 배신하고 시우바 회장 쪽에 빠르게 붙어버린 것이다.

빤히 보이는 모습이었다.

"손 들어!!"

철컥!!

저택에 홀로 남아 있는 재중을 향해 수십 명의 경찰특공대가 자동소총을 겨눴다.

하지만 재중은 가만히 서서 그들을 보고는 입가에 미소를 지어 보였다.

"그 사람은 내 손님이네!"

때마침 건물 안에 숨어 있던 경호원들과 시우바 회장이 모습을 드러내자 별다를 것 없이 상황은 마무리되었다.

이후 언론에는 시우바 회장의 저택에 가스 폭발이 일어나 저택이 무너졌다는 엉뚱한 기사를 내보냈다.

하지만 시우바 회장과 경호원들은 지하실에서 재중이 싸우던 모습을 CCTV로 모두 지켜본 장본인이었다.

당연히 그들이 재중을 보는 눈빛이 완전히 변할 수밖에 없었다.

무신이라는 말이 정말 그대로 적용되는 모습을 보고 있노라면, 재중이 인간인지 정말 의심스러웠다.

재중의 전투력을 보고 난 뒤, 과연 자신들과 재중이 싸우면 어떨지 생각해 보았는데 상상만 했을 뿐인데도 온몸에 소름이 돋으면서 식은땀이 흘러내렸다.

덱스는 왜 시우바 회장이 그렇게 정중하게 재중에게 살려달라고 부탁을 했는지 이해가 되었다.

전쟁터를 휩쓸고 다녔던 덱스의 눈에도 재중은 말 그대로 걸어 다니는 핵탄두나 마찬가지였으니 말이다.

아니, 상황에 따라 핵탄두 이상의 가치를 지니고 있었다.

Chapter 10
가족여행

"오빠!!!"

"왔구나."

"힘들어… 죽겠어……."

환하게 웃으면서 재중에게 바로 달려온 연아는 오자마자 바로 자신의 가방을 재중에게 내밀면서 울상이 돼버렸다.

그도 그럴 것이 무려 24시간 동안 비행기에 앉아만 있다가 겨우 내린 것이다.

힘이 들 만도 했다.

"엄살은… 다른 사람은?"

"응? 곧 나올 거야."

연아의 말이 끝나자마자 곧바로 테라가 보였다.

그 뒤로 전희준과 그녀의 딸 비아, 그리고 산뜻하게 편하면서도 시원한 옷차림을 한 유혜림, 유새민 자매가 있었다.

가장 뒤에 자신이 따라가는 게 맞는 건지 아직도 고민의 흔적이 남아 있는 유서린을 끝으로 카페 식구 전원이 브라질에 무사히 도착했다.

유서린은 아직도 어안이 벙벙한 모습이긴 했지만 나름대로 다른 사람들과 이야기하는 것을 들어보면 빠르게 카페에 적응하고 있는 것처럼 보였다.

물론 상처가 완전히 아물지 않았고 은연중에 남자를 무서워하는 것이 살짝 보이기에 재중은 인사를 하고는 한 발짝 뒤로 물러나 주었다.

겉으로는 밝아 보이긴 해도, 자신이 그토록 믿었던 정태만의 손에 인신매매로 팔려 갈 뻔했던 충격이 없어지기에는 아직 시간이 필요할 테니 말이다.

그 때문인지 재중에게 인사를 하면서도 겁을 먹은 듯한 눈동자는 여전한 모습이었다.

정태만 때문인지는 정확히 모르지만 재중을 제외한 남자에게는 아예 근처도 가지 않으려고 하는 모습이 자주 보였다.

"오빠, 정말 우리 크루즈 타는 거야? 그것도 한 달이나?"

브라질까지 날아오고서도 연아는 쉽게 믿을 수가 없는지 계속 재중에게 되묻기를 반복했다.

재중은 귀찮지도 않은지 웃으면서 다 받아주었다.

재중이 일행을 데리고 공항 입구를 나오자 반기는 목소리가 들려왔다.

“오~ 미인이 많네요? 어머? 다 여자뿐이네요?”

일행을 위해 운전사를 자청한 캐롤라인이 커다란 차를 놓고 기다리던 중이었다.

캐롤라인은 재중이 데려온 일행을 가만히 보고는 장난치듯 한마디 했다.

확실히 재중의 주변에 여자가 많은 것은 사실이었으니 말이다.

거기다 전희준도 마음이 편해져서 그런지 얼굴빛이 살아나면서 중년의 매력이 보이는 여성으로 변화한 상태였고, 유혜림과 유새민 자매야 이미 미화여대에서도 나름 인기 좀 있는 미인들이었다.

연아도 나이가 좀 있어서 그렇지 여행이라고 화장으로 꾸민 모습이 상당히 미인이었다.

“누구?”

연아는 자신들을 맞이한 엄청난 미인인 캐롤라인을 보고는 재중에게 물어보았다.

"캐롤라인이야, 시우바 회장님 손녀."

"허억!!! 재벌가의 손녀?"

연아도 재중이 미국까지 간 마당에 시우바 그룹이 어떤 곳인지 궁금해서 한번 알아봤다.

한국에 그리 알려지지 않았을 뿐, 브라질 자국에서는 한국의 천산그룹과 비슷한 위치에 있는 거대 그룹인 것을 알고는 기절할 뻔했었다.

사실 천서영만 해도 재중의 곁에서 맴도는 것이 도무지 이해가지 않는다.

더군다나 그걸 또 밀어내는 재중은 정말 이해불가였다.

그런데 이번에는 시우바 그룹의 회장 손녀인 캐롤라인이 재중을 향해 환하게 웃으면서 손을 흔드는 것이다.

캐롤라인의 모습에 연아는 직감적으로 느꼈다.

'오빠에게 빠진 또 한 명의 새언니 후보구만.'

같은 여자이기에 캐롤라인이 재중에게 호감 이상의 감정이 있다는 것을 직감적으로 느낀 것이다.

이미 알래스카에서 살았던 연아이기에 영어로 인사를 건넸다.

"오~ 영어 발음이 정말 좋네요?"

천서영과 달리 완전 원어민 발음의 연아의 인사에 놀라면서도 활짝 웃으며 반갑게 맞아주는 캐롤라인이었다.

물론 그 속내에는 재중의 여동생이라는 이유가 90% 이상 차지하고 있었지만 말이다.

"갈까요?"

캐롤라인이 운전대에 앉으면서 모두를 태웠다.

차가 향한 곳은 본래 있던 저택이 아닌 상파울로에 있는 별장이었다.

이미 저택이 완전 초토화되어서 바닥만 남아 있는 상황이었다.

어쩔 수 없이 상파울로 쪽으로 잠시 옮겨 와 있는 것이다.

시우바 회장은 당연히 배신자를 처리하기 위해서 리우데자네이루에 남아 있었지만 말이다.

그런데 막상 별장에 도착을 하니 반갑지 않은 사람이 재중을 기다리고 있었다.

"재중~!"

환하게 웃으면서 반갑게 다가오는 레오나르도 실바의 모습에 재중은 한숨이 나왔다.

"이번에는 또 뭐야……?"

재중이 너무 노골적으로 반갑지 않다는 표현을 하자 실바도 그럴 줄 알았다는 듯 환하게 웃으면서 슬쩍 뒤를 보더니 모른 척 물었다.

"오~~ 이 미인분들은 누구? 누군데?"

재중의 옆에 와 찰싹 붙어서 어깨로 재중의 어깨를 치는 모습이 마치 수십 년 넘게 친구로 지낸 사이처럼 보였다.

뭐, 재중도 축구에 관해서 광적으로 덤벼드는 것만 아니면 실바가 싫은 것은 아니었다.

“이쪽은 내 친동생, 나머지는 카페 식구들이고.”

재중이 별수 없이 소개를 하자 눈빛이 초롱초롱하게 바뀌면서 순진모드로 돌아선 실바가 연아에게 정중하게 영어로 인사했다.

연아도 얼떨결에 인사를 받아버렸다.

세계에서도 알아주는 섹시한 미남으로 꼽히는 실바의 눈빛을 마주했으니 여심이 흔들리지 않았다면 그게 이상했을 것이다.

연아를 제외한 다른 사람들은 영어가 어색해서 그런지 대충 인사를 나눴다.

하지만 한 사람 예외가 있었다.

테라를 마주한 순간 실바는 잠시 멍하니 테라를 쳐다보기만 했다.

“뭐해? 인사 안 하고?”

재중이 옆에서 한마디 하자 그제야 자신이 여자를 너무 빤히 쳐다봤다는 것에 헛기침을 한다.

실바가 인사를 하자 테라도 묘하게 웃으면서 인사를 받

았다.

"저 굉장한 미녀는 누구야?"

실바는 사실 지금까지 캐롤라인보다 미인은 없다고 생각하고 있었다.

그런데 테라를 보는 순간 그 생각이 완전히 뒤집어져 버렸다.

실바는 시종일관 테라에게서 쉽게 시선을 떼지 못하는 모습이었다.

"넌 안 돼."

재중이 테라에 마음이 있는 듯한 실바를 보고는 한마디 했다.

"응? 왜? 재중의 여자 친구야?"

재중이 은근히 한마디 하는 모습에 실바가 놀란 듯 물어봤다.

그 순간 캐롤라인과 천서영의 시선이 재중에게 집중되어 버렸다.

사실 캐롤라인도 공항에 마중 나갔을 때 가장 먼저 눈에 보인 것이 재중이 아니고 바로 테라였으니 말이다.

여자로서의 직감이랄까?

자신에게 가장 큰 장애물이 될 것을 직감하기도 했다.

물론 그것만이 전부는 아니었다.

미모로는 아직까지 누구에게 밀려본 적이 없는 캐롤라인이 살짝 기가 죽은 것은 사실이었으니 말이다.

갑자기 나타난 테라의 존재가 캐롤라인에게는 적지 않은 충격이었던 것이다.

하지만 반대로 천서영도 그렇게 재중과 오래 알았지만 테라와 이야기한 적이 없었기에 캐롤라인과 딱히 다르지도 않았었다.

소문으로는 재중의 애인이라는 둥 여러 가지 말이 많았지만 갑자기 그 소문이 싹 사라져서 천서영도 내심 테라와 재중의 관계가 어떤 것일지 궁금하던 차였다.

천서영이 귀를 쫑긋 세우고 가까이 다가서는 모습에 재중은 피식 웃어버렸다.

'도대체… 내가 싫다는데 왜 이러는 건지…….'

대놓고 면전에서 싫다고 하는데도 도무지 포기를 모르는 캐롤라인과 천서영이었다.

재중은 도무지 그녀들이 이해가 되지 않았다.

딱히 여자를 상대로 사랑을 해본 적도 없었으니 여자의 마음을 알 리도 없었기에 지금 자신이 얼마나 여자의 마음을 흔들고 있는지 전혀 모르고 있기도 했다.

하지만 제3자의 눈으로 보면 전적으로 재중이 잘못하고 있는 것은 확실했다.

다른 여자가 있는 것도 아니고 무조건 자신이 싫다고 하는데 과연 그걸 듣고 포기할 여자가 있을까?

정말 자신이 좋아하는 남자라면 요즘은 여자도 쟁취하는 것이 대세인 시대였다.

특히나 천서영은 마나친화력으로 인해 강제든 아니든 재중에게 가진 호감이 사랑으로 발전한 상태였다.

반면 캐롤라인은 도전적인 성격에 자신을 거부하는 남자를 처음 만난 신선한 경험까지 더해지다 보니 자신도 모르게 재중에게 빠져 들고 있는 중이었고 말이다.

"뭐, 믿고 등을 맡길 수 있는 존재?"

"네?"

"그게… 무슨 말이죠?"

"재중, 그게 무슨 뜻이야? 등을 맡기다니?"

가장 유심히 재중의 대답을 기다리던 실바와 캐롤라인, 그리고 천서영은 도무지 이해할 수 없는 재중의 대답에 오히려 허탈한 표정으로 빤히 쳐다봤다.

하지만 재중은 그것을 끝으로 노코멘트로 입을 다물어 버렸으니 아쉬움에 발만 동동 구르는 것은 세 사람뿐이었다.

―그럼 수고들하세요~

거기다 테라까지 셋에게 뭔가 의미심장한 웃음을 지어 보이고는 유유히 자신의 방으로 올라가 버렸다.

이렇다 보니 더욱 알 수 없는 상황에 세 사람은 머리만 복잡해지고 있었다.

"그보다 왜 온 거야?"

재중은 테라 때문에 잠시 분위기가 이상한 쪽으로 흘러가는 것에 위기감을 느꼈다.

이대로 가만히 두면 테라와 자신의 사이를 의심하는 눈길이 강해질 것 같아서 분위기도 바꿀 겸 슬쩍 실바에게 찾아온 이유를 물어봤다.

"아~! 맞아. 나도 깜빡하고 있었네."

이야기로 들었던 열정적이고, 뭔가가 앞을 가로막으면 거침없이 뚫고 나갈 것 같은 레오나르도 실바는 아무리 눈을 씻고 찾아봐도 찾을 수 없는 재중이었다.

뭐, 처음부터 솔직히 좀 이상하게 만나긴 했다.

하지만 붙임성이 좋은 건 알겠지만 이건 좋아도 너무 좋았다.

정작 친해지자는 의미로 편하게 이름을 부르라고 했던 재중이 적응하기가 힘들 정도로 말이다.

"아주 지금 대표팀 분위기가 말이 아니야……."

"응? 그건 또 무슨 말이야?"

실바는 방금 전까지 희희낙락한 모습은 사라지고 침울한 표정으로 변하더니 재중을 보면서 눈망울까지 글썽였다.

하지만 재중에게는 씨알도 먹히지 않았다.

"왜?"

"재중, 네가 다녀간 뒤로… 루이스 감독님이 지금 난리가 났거든……."

실바의 말을 도무지 이해하지 못한 재중이 다시 물어보자 실바가 벌컥 큰 소리로 외쳤다.

"이게 다 너 때문이야!! 너!!! 도대체 넌 뭘 먹길래 축구를 그렇게 잘하냐? 지금 루이스 감독이 너를 브라질로 귀화시키라고 아주 생떼를 부리고 난리란 말이야."

"그러든가 말든가."

자기 딴에는 정말 심각하게 말을 했지만, 정작 재중은 콧방귀도 뀌지 않는 모습에 실바는 한숨을 내쉬었다.

"재중은 정말 축구할 마음이 없어?"

"당연히."

"왜?"

"그야 내 마음이니까."

"……."

도무지 설득 자체가 불가능한 재중의 모습에 실바는 한숨을 쉬었다.

그리곤 이내 진짜 자신의 목적을 말하려는 듯 잠시 말을 멈췄다가 입을 열었다.

"너 브라질에 언제까지 있을 건데?"

실바의 눈빛이 진지하게 변했다는 것을 알아차린 재중은 그제야 본론이 나왔다는 것을 알고 씨익 웃으면서 대답했다.

"난 내일 저녁에 떠나."

"헉!! 그렇게 빨리?"

실바는 재중이 시우바 회장의 초대로 왔으니 천천히 브라질을 돌아보면서 여행을 하다가 갈 것으로 예상하고 있었다.

그런데 당장 내일 저녁에 간다니 당황하기 시작했다.

"왜 그렇게 당황해?"

실바의 당황하는 모습에 재중이 넌지시 물어봤다.

"그럼 당장 지금부터 나랑 감독님에게 가자."

"응?"

밑도 끝도 없이 갑자기 루이스 감독에게 가자는 말에 이번에는 재중이 황당하다는 표정을 지어 보였다.

상파울로에서 리우데자네이루까지 비행기로도 1시간은 걸리는 거리인데 지금 당장 가자는 말은 누가 들어도 말이 안 되었으니 말이다.

"리우데자네이루로 가는 게 아니야. 지금 대표팀 전원이 이곳 상파울로에 있어."

"응? 상파울로에?"

재중은 분명히 어제만 해도 리우데자네이루에 있던 대표

팀이 상파울로에 와 있다는 말에 고개를 갸웃거렸다.

"이번 월드컵 개막식이 상파울로에 있는 코린치앙스 경기장에서 열리거든. 그리고 개막 경기가 우리 브라질이랑 크로아티아야."

"아… 그래?"

딱히 월드컵에 관심이 없던 재중이었기에 그냥 그렇구나 하는 정도로 넘겼다.

하지만 실바의 다음 말은 도무지 그냥 넘길 수가 없었다.

"그러니까 내일까지 우리 상대로 연습 경기 잠깐만 뛰어줘."

"싫어."

물론 재중은 마치 칼로 베어버리듯 단칼에 거절해 버렸지만 말이다.

그러나 그때부터 실바의 설득이 시작된 것이 재중에게는 정말 귀찮은 일의 시작이었다.

물론 대화의 내용은,

"부탁 좀 하자, 제발~~"

"싫어."

라는 말이 계속 반복될 뿐이었지만 말이다.

그런데 이런 대화 내용에 변수를 가져온 사람이 있었으니 바로 연아였다.

"오빠, 뭐 해?"

브라질은 워낙에 습도가 높은 날씨 탓에 자주 샤워를 해줘야 했다.

샤워를 하고 옷을 갈아입은 연아가 산뜻한 반바지에 편한 티셔츠를 입고서 모자 하나 살짝 머리에 걸친 채 내려왔다.

한데 막상 거실에 오자 실바와 재중이 심각하게 대화를 나누고 있는 것이다.

물론 방금 내려온 연아가 봐도 실바가 재중에게 뭔가 부탁을 하는데 재중이 그걸 단칼에 거절하는 모습인 것을 알아차릴 정도였다.

자연히 연아는 호기심이 생겼다.

도대체 무슨 일인데 재중이 저렇게 끝까지 싫다고 하는지 말이다.

그리고 위에서 이야기를 들으니 레오나르도 실바라면 브라질 사람이라면 거의 영웅으로 알고 있다고 했다.

그런 사람을 저렇게 막 대하는 재중이 신기했기에 다가가 물어봤다.

순간 연아의 존재가 자신에게 도움이 된다고 느낀 실바가 물었다.

"연아 씨, 혹시 축구 좋아하지 않아요?"

"축구요?"

재중이 좀처럼 끄떡도 하지 않자, 동물적인 감각 때문인지 기회를 잡은 맹수처럼 재빠르게 타겟을 연아로 바꿔 버린 실바였다.

실바는 재중이 뭐라고 하기 전에 선수를 쳐서 연아에게 말을 걸어버렸다.

물론 재중은 설마 실바가 저렇게 빨리 자신에게서 연아로 타겟을 바꿀 줄은 몰랐기에 뒤통수를 한 대 맞은 상태였고 말이다.

“저도 가끔 보긴 하는데.”

양아버지가 축구 광팬이었다.

덕분에 연아도 축구를 좋아하진 않았지만 보기는 자주 보고 자란 편이었다.

위성으로 한국 쪽 K리그를 챙겨봤을 만큼 축구광인 양아버지의 영향 때문에 의외로 연아는 여자치고 축구 룰이나 축구를 보는 방법 정도는 알고 있었던 것이다.

하지만 좋아하냐고 묻는다면 그냥 누가 보면 같이 보는 정도라고 하는 것이 정확할지도 몰랐다.

하지만 재중이 예상하지 못했던 부분이 있었으니, 연아가 마음이 약하다는 거였다.

설마 지금 그게 문제가 될 줄은 몰랐기에 재중으로서도 예상치 못한 결과가 나와 버렸다.

"뭐… 브라질 하면 축구니까……. 궁금하긴 하네요… 그냥……."

실바의 실망한 표정에 살짝 마음이 약해진 연아가 긍정적으로 대답하자 실바의 눈빛이 다시 재중을 향했다.

실바는 그동안 자신이 아무리 부탁해도 꿈쩍도 하지 않던 재중이 연아가 긍정적인 대답을 하자 변화가 생겼다는 것을 알아채 버렸다.

누가 세계적인 스트라이커 아니랄까 봐, 실바는 그 짧은 순간에 재중의 표정을 읽어버린 것이다.

실바는 연아가 재중의 약점이라는 것을 그저 감각적으로 알아차리고는 본격적으로 연아를 설득하기 시작했다.

1시간 동안 거절만 당하던 실바는 연아를 설득한 지 불과 1분 만에 쾌재를 부르면서 일어섰다.

"연아 씨가 구경하고 싶다는데 같이 가자, 재중. 응?"

"……."

묘하게 얄미우면서도 미워할 수 없는 실바의 모습에 결국 재중이 일어섰다.

"오빠……? 싫으면 안 가도… 되는데, 그냥……."

연아는 자신 때문에 재중이 그렇게 거절하던 것을 승낙했다는 생각에 뭐라고 말하려고 했지만, 재중은 웃으면서 연아의 머리를 쓰다듬어 주었다.

"그냥 귀찮았을 뿐이야. 그리고 뭐, 동생이 보고 싶다는데 그 정도는 해줄 능력이 있으니 괜찮아."

"…미안해……."

연아는 그저 호기심에 끼어들었다가 재중에게 피해가 되었다는 생각에 시무룩한 표정을 지었다.

그러자 재중이 연아를 보며 다시 말했다.

"가족끼리 미안할 것 없어. 차차 서로 알아가는 과정이니까 말이야."

"응……."

요즘들어 세상에서 유일한 핏줄인 재중에게 자신이 알게 모르게 짐이 된다는 것을 느끼고 있던 연아였다.

사실 연아는 재중 모르게 살짝 기가 죽어 있는 상태였다.

어쩌다 보니 한국으로 넘어오긴 했다.

하지만 물가는 비싸고 아는 것도 없는 한국에서 정착을 하려니 알래스카에서만 살던 연아에게는 너무나 힘든 일뿐이었다.

거기다 재중이 자신이 운영하던 카페까지 자신에게 그냥 주려고 한 것이다.

마치 자신이 재중의 삶에 끼어들어서 재중의 것을 하나씩 빼앗아 가는 것 같은 기분이 들었던 연아였다.

겉으로는 웃고 있지만 마음으로는 조금씩 힘들어 하고 있는 것이다.

물론 재중도 연아의 그런 변화를 어렴풋이 느끼고는 있었다.

하지만 혼자서 자랐고, 혼자서만 모든 것을 해결하던 삶을 살았던 재중이었기에 그런 연아의 마음을 어떻게 보듬어주어야 할지 방법을 몰랐다.

그래서 우선은 그저 지켜보고만 있을 뿐이었다.

"힘내라."

아주 자그마한 재중의 한마디였지만, 그것이 진심이라는 것을 아는 연아는 입가에 작은 미소를 그렸다.

역시 그래도 친오빠라는 것은 연아에게 힘이 되는 존재였으니 말이다.

Chapter 11
기죽이기

"우와!!! 진짜 브라질 축구 선수다……!"

어쩌다 보니 재중의 카페 식구 전원이 실바와 같이 브라질 축구대표팀이 훈련하는 훈련장까지 따라와 버리는 웃지 못할 상황이 벌어져 버렸다.

거기다 한비아는 외국이 태어나 처음인데다 어린아이의 특유의 천진난만한 성격 탓에 브라질 축구 선수들을 보고는 자신도 모르게 큰 소리로 감탄했다가 황급히 손으로 입을 막으면서 전희준의 뒤로 숨어버렸다.

지금까지 판자촌에서 살면서 큰 소리를 내면 꼭 주위에서

야단을 맞았던 비아였다. 그러면서 자신도 모르게 숨어버리는 습관이 밴 듯했다.

"괜찮아, 어차피 이 사람들은 한국말 몰라."

다행히 재중이 웃으면서 다독여 주자 그제야 천천히 다시 앞으로 나온다.

한비아는 그때서야 구경하느라 정신없는 평소의 모습으로 돌아왔다.

"그런데 오빠… 여긴 왜 온 거야?"

실바에게 설득당해 브라질 대표팀의 훈련장까지 오긴 했지만, 정작 연아는 자신이 왜 여기 있는지 전혀 이유를 모르고 있었다.

우선 대표팀 훈련장을 들어오는데 입구에서부터 자동소총으로 무장한 군인들이 서 있었던 것이다.

순간 자신들이 어디 팔려가는 게 아닌지 걱정이 될 정도였다.

긴장을 하다 보니 자신이 여기에 왜 온 건지도 모르고 있었던 연아는 도착하고 나서야 뒤늦게 생각난 듯 물었다.

"훈련 도와주러."

"응?"

"훈련을 도와줘요?"

"그게 무슨……?"

"사장님 축구하셨어요?"

뜬금없이 브라질 축구대표팀의 연습을 도와주러 왔다는 말에 일행 전원이 도무지 이해하지 못한다는 표정으로 재중을 쳐다봤다.

하지만 재중은 그저 한 번 웃어주고는 실바를 따라 경기장 안으로 들어가 버렸다.

일행은 더 묻지도 못하고 스텝이 안내해 준 훈련장 한쪽에 마련된 관중석에 자리를 잡고 앉았다.

하지만 자리를 잡고 앉긴 했지만 도무지 카페 사장인 재중이 축구 훈련장에 훈련을 도와주러 온 이유를 알 길이 없었다.

결국 모두가 시선을 돌린 곳은 연아였다.

"저도 몰라요."

"…정말요?"

유서린이 나직이 되물어보자 연아는 조금 미안한 표정으로 대답했다.

"저도… 8살 때 헤어져서… 최근에 다시 만난 거라… 알 길이……."

"아… 미안해요……. 그건… 생각 못 했어요……."

유서린도 연아와 재중이 8살 때 헤어졌다가 최근에 다시 만났다는 말을 듣긴 했었다.

하지만 워낙에 밝은 성격의 연아였기에 순간 그걸 잠시 잊어버린 것이다.

"아니에요… 일부러 그런 것도 아닌데……. 하지만 정말… 오빠가 축구를 잘했는지……."

연아마저도 궁금한 표정을 숨기지 못하자 결국 그동안 입을 다물고 있던 천서영이 입을 열었다.

"최소한 브라질 팀을 상대로 지거나 하진 않을 거예요."

"네?"

"정말요?"

"……?"

세계 최강이라는 브라질이다.

다른 것은 몰라도 브라질에서 축구 하나만큼은 하나의 자존심이나 마찬가지였다.

그리고 이곳에 있는 여자들이 모두 축구를 잘 모른다고 해도 언론이나 방송을 통해 브라질에서 축구가 얼마나 큰 비중을 차지하고 있는지 정도는 알고 있었다.

그런데 재중이 그런 브라질에서 대표로 뽑힌 사람들을 상대로 지지는 않는다니.

천서영의 말은 충분히 충격이었던 것이다.

그런데 천서영도 재중을 닮아가는 건지 옆에서 들리는 질문에도 조용히 연습장만 쳐다보면서,

"직접 보면 알게 될 거예요."

라는 말을 끝으로 입을 다물어 버렸다.

어쩔 수 없이 일행은 우선 경기장에 시선을 고정시켰다.

그런데 재중을 따라온 일행은 전혀 알지 못하는 사실이 있었다.

사실 이번 연습은 평가전과 비슷한 성격을 갖고 있었다.

평상시 비밀리에 훈련을 하는 것과 달리 오늘은 각 클럽의 스카우터들이 정식으로 입장해서 연습을 보면서 자신의 선수와 앞으로 자신들이 원하는 선수들을 살펴보는 자리라는 것을 모르고 있었던 것이다.

대표팀의 훈련에 외부인을 입장시킨다는 것 자체가 어떻게 보면 이해가 가지 않을 수도 있다.

하지만 다른 나라에서도 몇 시간 정도 훈련장을 기자들에게 한해서 공개하는 경우가 흔했기에 특별한 것은 아니었다.

그렇게 그녀들이 자리 잡고 경기장에 집중한 지 몇 분이 지났을까?

노란색 유니폼의 브라질 선수들이 경기장으로 올라오기 시작했다.

재중도 파란색 트레이닝 복으로 갈아입고 경기장에 올라서고 있는 중이었다.

"최선을 다하지는… 말아줘, 재중……."

실바가 재중에게 나직이 한마디 하자 재중은 그저 피식 웃을 뿐이었다.

설마 하니 11:1 축구 경기를 또 하려고 자신을 불렀을 줄은 몰랐으니 말이다.

사실 일전에 재중은 다시는 자신을 찾지 않을 만큼 브라질 선수들과 루이스 감독의 자존심을 꺾어버리기 위해서 일부러 그렇게 화려하게 했던 것이었다.

한데 뜻밖에도 루이스 감독은 자신들이 당했던 그대로를 재현하기 위해서 재중을 또 불렀던 것이다.

다른 사람들 같으면 다시는 재중의 얼굴도 보기 싫어할 만큼 철저하게 브라질 대표팀의 자존심을 꺾어버린 재중이었다.

그럼에도 왜 자신을 또 불렀는지 그게 재중도 그게 조금 궁금하기도 해서 다시 왔던 것이다.

지금 재중은 다시 만난 루이스 감독의 모습에 조금은 놀라워하고 있었다.

"대단하다고 해야 할지… 고집이 세다고 해야 할지……. 난감한 사람이네……."

재중이 루이스 감독을 보면서 중얼거리자 루이스 감독도 재중을 보더니 큰 소리로 외쳤다.

"확!! 우리 선수들을 꺾어주시오!!"

아예 대놓고 자신의 선수를 박살을 내달라고 큰소리치는 모습은 재중에게는 너무나 생소할 수밖에 없었다.

그런데 감독만 그런 것이 아니었다.

브라질 선수들도 저번에 그렇게 박살이 났는데도 오히려 투지를 불태우면서 재중에게 집중하고 있었으니 말이다.

보고 있노라면 정말 기가 막힌 상황이었지만, 조금 전 루이스 감독이 한 말을 떠올리면 전혀 이해가 가지 않는 것도 아니긴 했다.

'세계 최강이 되려는데 그까짓 거 한번 깨진 것이 뭐가 무섭단 말인가? 두 번이고 세 번이고 계속 깨져도 결국에는 이기는 것은 우리일 테니 말이야.'

듣기에는 정말 어이없을 만큼 자신감이 가득한 말이다.

하지만 말의 뜻을 생각하면 정말 루이스 감독이 능구렁이 같다는 것을 느낄 수 있는 말이기도 했다.

어차피 지금은 훈련 중이었다.

10번을 깨지든 100번을 깨지든 깨지는 것은 애초에 마음에 없다.

오로지 재중의 기술을 하나라도 훔쳐 배우겠다는 생각이 고스란히 들여다보였다.

재중으로서도 지금 이 황당한 연습이 이해가 될 수밖에 없었던 것이다.

하지만 이 모든 것을 알고 있는 재중이 순순히 그들의 의도대로 움직여 줄지는 아직 미지수였다.

삐익!!

시작 신호가 울리자 브라주카가 잔디 위를 구르기 시작했다.

동시에 재중의 발도 움직였다.

"막아!!"

당연히 브라질 대표팀은 아예 대놓고 재중을 막겠다는 생각으로 3명이 순식간에 재중을 둘러쌌다.

하지만 그렇게 둘러싼 상황에서도 브라질 선수들이 쉽게 재중에게서 공을 빼앗지 못하는 상황이 펼쳐지고 있는 중이었다.

"젠장… 저걸 어떻게 뺏어……!"

재중을 정면에서 막아선 브라질 수비수는 지금 재중의 발끝에서 살아 있는 듯 움직이는 브라주카를 보고 있노라면 정말 어이가 없을 지경이었으니 말이다.

둘러싸고 있던 수비수 3명 중에 누구 하나라도 기회를 잡아 발을 내미는 순간 이미 재중의 발끝에 있던 공은 반대쪽으로 넘어가 있었다.

또 반대쪽에서 발을 내밀면 다시 공은 재중의 뒤로 넘어갔다가 물이 흐르듯 재중의 발 위에서 춤을 추면서 앞으로 넘어가 버렸다.

그런데 더 황당한 것은 그렇게 3명의 수비수가 둘러싸고 있는 상황에서도 재중이 앞으로 움직이고 있다는 사실이었다.

그걸 고스란히 옆에서 보고 있는 다른 선수들은 황당한 표정을 숨기지 못했다.

"미친… 그때 보여준 것은 빙산의 일각이었어……."

결국 3명을 둘러싸고 앞으로 계속 움직이는 것을 견디다 못한 수비수 하나가 재중의 발에 태클을 걸려고 몸을 날렸다.

통~!

그러나 가볍게 공을 튕긴 재중이 오히려 태클을 한 선수의 몸을 뛰어넘으면서 둘러싸고 있던 벽을 유유히 빠져나가 버렸다.

결국 더 이상 태클도 하지 못하게 된 것이다.

"아까워… 너무 아까워……."

루이스 감독은 재중을 보고 있으면 마치 거대한 다이아몬드를 다시 땅속에 묻고 있는 듯한 기분이 들었다.

루이스 감독의 안타까운 마음은 얼굴에도 고스란히 드러나는 중이었다.

그리고 그렇게 안타까운 루이스 감독의 시선을 받고 있는 재중은 3명의 수비수를 뚫고 밖으로 나오자 완전 움직임부터 달라졌다.

더 이상 3명이 둘러싸는 것을 아예 허용하지 않겠다는 듯 발놀림부터 확연히 달라진 모습을 보여줬다.

발끝에 공이 붙어 있는 것처럼 드리블을 짧게 하면서도 달리는 속도는 그 누구보다 빠르기만 했다.

"우와… 사장님 저렇게 축구를 잘했어요?"

"장난 아니네요……."

축구를 잘 모르는 여자들이 봐도 재중이 잘한다는 것이 느껴질 만큼 대단한 움직임이었다.

감탄은 자동이요, 그녀들의 재중에 대한 호감은 필수였다.

오죽하면 세계 최강이라고 불리는 브라질 축구대표팀이 과연 축구를 잘하는 사람들이 맞는지 의심스러울 만큼 별다른 움직임을 보이지 못하고 있었다.

멀리서 보기에는 정말 아무것도 하지 않는 것처럼 보이는 브라질 대표팀이지만, 사실 그 누구보다 죽을힘을 다해서 재중을 막아서고 있는 중이었다.

다만 재중이 자신을 막아선 브라질 대표팀의 움직임보다 반 박자 빠르게 먼저 움직여 버리니 뭔가 해보기도 전에 뚫려 버리는 것이다.

보기에는 아무것도 하지 않는 것처럼 보일지 몰라도, 루이스 감독은 지금 재중이 움직이고부터 눈을 한 번도 깜빡이지 않고 지켜보는 중이다.

단 한 순간도 놓치지 않기 위해서 말이다.

그리고 이미 초고화질로 이 연습 경기를 녹화까지 하고 있기도 했다.

철렁~

한 번 움직이기 시작한 재중을 막아설 사람이 없다는 것을 증명하듯, 이번에도 재중은 공과 함께 골대 안으로 걸어서 들어가 버렸다.

이 모든 것을 지켜보던 루이스 감독은 점수판을 한 장 뒤집어 넘기면서 1:0 스코어를 표시했다.

11:1의 축구 시합이라는 믿어지지 않을 만큼 허무하게 1점을 잃은 것은 바로 브라질 팀이었다.

천천히 걸어서 다시 하프라인 중심에 선 재중은 이번에는 공을 툭 차더니 오히려 브라질 선수에게 넘겨주었다.

"뭐지?"

가장 앞에 있던 수비수는 자신의 발에 브라주카가 오자 순간 뭔지 몰라 하다가 뒤늦게 공의 존재를 인식하고 발을 움직이려 했다.

착!

하지만 이미 재중이 스쳐 지나가면서 수비수 앞에 있던 공까지 가지고 가버린 뒤였다.

"이이익!!!"

뒤늦게 자신을 이용해서 수비를 뚫었다는 것에 흥분한 수비수가 곧장 쫓아가려고 몸을 돌렸다.

하지만 뒤에는 더 황당한 장면이 펼쳐져서 있어서 결국 움직이지도 못하고 또 한 골을 먹어버린 브라질 팀이었다.

처음 재중의 패스를 받은 수비수 외에도 전원이 똑같이 재중이 패스한 공을 받았다가 허무하게 빼앗겨 버리면서 뚫려 버렸으니 말이다.

재중은 공을 차서 브라질 선수에게 주는 순간 강하게 회전을 걸어서 자신이 원하는 곳으로 다시 공이 튀어나오도록 했다.

미리 조작한 패스를 받은 브라질 선수들은 완전 속수무책이었다.

오죽하면 골키퍼도 재중이 준 패스를 가장한 속임수에 손을 벌려서 잡았다가 놓쳐 버리면서 또 한 골을 허용했으니 말이다.

"어린애를 가지고 노는 수준이군……."

루이스 감독은 냉정하게 재중의 실력을 평가하려고 했다.

하지만 도무지 평가 자체를 할 수가 없는 수준 차이였다.

결국 루이스 감독은 프로 축구 선수가 이제 막 공을 만지기 시작한 어린애를 상대로 축구 시합을 하는 수준으로 결정지어 버렸다.

평가를 하려고 해도 평가 기준이 될 것이 있어야 한다.

그런데 도무지 틈이 보이지 않는 재중의 움직임과 테크닉, 그리고 상대의 심리까지 파악하고 이용하는 능력은 이미 루이스 감독이 아는 그 어떤 축구 선수보다 높은 곳에 있었다.

그러다 보니 평가를 내릴 수가 없어 궁여지책으로 그렇게 판단한 것이다.

삐익!!

재중을 상대로 극심한 피로를 느낄 것을 예상한 루이스 감독이 처음부터 15분의 타임을 주고 시작한 연습 경기였다.

그래서 의외로 시합 자체는 빨리 끝나 버렸다.

하지만 루이스 감독은 자신에게 돌아오는 선수들의 표정과 몸을 보고서는 오히려 15분도 길었다고 생각할 수밖에 없었다.

온몸에서 비 오듯 땀을 흘리고 있고, 눈동자는 금방이라도 피곤에 쓰러질 것처럼 보였으니 말이다.

하지만 반대로 천천히 걸어오고 있는 재중은 땀 한 방울은 커녕 호흡조차도 처음 경기장에 들어갈 때와 별다를 것이 없는 모습이었다.

"내가 욕심을 부렸군……."

사실 루이스 감독은 재중의 기술과 실력을 브라질 대표팀이 조금이라도 배우고, 그리고 훔칠 수 있으면 훔쳤으면 하는 욕심에 억지로 이번 시합을 또 만들었다.

하지만 결과적으로 얻은 것은 없고 실력의 차이만 뼈저리게 깨닫게 되는 결과만 남아버렸다.

그런데 이런 후회를 하고 있는 루이스 감독에게 재중이 다가오는 게 아닌가?

"왜 그러나?"

루이스 감독은 자신에게 다가오는 재중이 궁금해서 물어봤다.

"4번, 11번, 9번 선수들 곧 햄스트링 증상이 올 테니 당장 쉬게 하는 게 좋을 겁니다……."

"응? 그게 무슨……?"

재중의 말에 무슨 말인지 몰라 하던 루이스 감독은 순간 번뜩이는 것이 있는지 곧바로 재중이 말한 4번, 11번, 그리고 9번을 불러서 당장 팀 닥터에게 보냈다.

그러고 조금 뒤, 루이스 감독은 팀 닥터에게 놀라운 말을 들을 수밖에 없었다.

"정말 위험했어요, 3분… 아니, 1분만 더 뛰었다면 햄스트링 부상으로 큰일 날 뻔했습니다, 감독님."

"정말인가?"

루이스 감독이 놀라서 물어봤다.

"저희도 정밀하게 진찰해 보고 나서야 햄스트링 근육들이 극한까지 몰려 있다는 것을 알았습니다. 그런데 감독님은 어떻게 아신 겁니까?"

오히려 팀 닥터에게 질문 공세를 받은 루이스 감독은 대답 대신 재중을 물끄러미 쳐다보기만 했다.

햄스트링 부상이란 본래 축구 선수라면 가장 흔하게 겪는 부상이다.

그러나 한편으로는 한 번 부상을 당하게 되면 최소 2주 동안 안정을 취해야 하는 무서운 부상이기도 했다.

햄스트링은 허벅지 뒤쪽 부분의 근육과 힘줄을 가리키는 것으로, 자동차의 브레이크처럼 동작을 멈추거나 속도를 감속하고 방향을 바꿔주는 역할을 하는 아주 중요한 근육이었다.

일반적으로 스포츠 선수가 달리다 갑자기 방향을 바꾸거나 무리하게 힘을 줄 때 햄스트링에 손상을 입는 경우가 많았다.

그러다 보니 특히 축구 선수의 경우 슈팅 동작을 하거나 무리하게 공을 뺏기 위해서 움직이다가 다치는 경우가 잦아, 흔하지만 그만큼 무서운 부상이다.

혹시라도 월드컵 예선전에 햄스트링 부상을 당하는 날에는, 그날로 예선전은 끝나 버리는 것이다.

월드컵 예선 날짜가 정해져 있다 보니 햄스트링 부상을 당한 뒤 2주 동안 완쾌해서 돌아온다고 해도 팀이 16강에 진출하지 못하면 다시 4년 뒤에나 월드컵을 뛸 수 있으니 말이다.

"실바."

루이스 감독이 가쁜 숨을 몰아쉬면서 쉬고 있던 실바를 부르더니 조용히 물었다.

"그냥 이대로 끝내자."

"네?"

"수준 차이가 너무 나. 이건 축구 선수와 어린애가 하는 거나 다름없어……. 내 욕심이 컸다는 것을 인정하는 수밖에 없을 것 같다."

"감독님……."

실바는 지금까지 루이스 감독이 이렇게 침통한 표정을 짓는 것을 본 적이 없었다.

실바가 그를 나직이 불렀지만 루이스 감독은 그 말을 끝으로 자리에 앉더니 눈을 감아버렸다.

"…알겠습니다……."

실바도 사실 재중에게서 무언가 얻어내겠다는 생각은 이미 처음부터 버리고 있었다.

하지만 방금 15분간의 경기 아닌 경기를 치르고 난 뒤에는 확신으로 바뀐 상태였다.

이 세상에서 재중을 상대로 축구로는 그 누구도 이길 수 없다는 것을 말이다.

"재중."

앉아서 음료수를 마시면서 후반전 15분을 기다리고 있던 재중은 실바가 다가오자 고개를 들어 쳐다봤다.

그런데 실바의 표정이 그리 좋진 않아 보였다.

"응?"

"그냥 연습 종료야."

"…그래?"

재중이 덤덤하게 받아들이자 실바는 재중의 앞 잔디 위에 털썩~ 주저앉더니 입을 열었다.

"조금은 봐줄 수 있는 거 아니었어?"

실바는 사실 조금 전에 뛴 15분의 경기도 재중이 봐줬다는 것을 느낄 수가 있었다.

하지만 재중의 실력이라면 충분히 브라질 팀의 수준에 맞춰서 움직일 수가 있음을 안다.

그럼에도 굳이 그러지 않은 것이 한편으로는 서운하기도 하고, 한편으로는 그것을 따라가지 못한 자신에게 화가 나기도 했다.

그런데 재중은 푸념이 섞인 실바의 말에 오히려 나직하면서도 냉정하게 말했다.

"봐주면 뭐가 달라지지?"

"…무슨 말이야? 뭐가 달라지냐니……?"

순간 차가운 바람이 몸을 뚫고 지나가는 느낌을 받은 실바는 잔뜩 긴장한 표정을 재중을 쳐다봤다.

"내가 봐주면서 연습을 해봐야, 달라지는 것은 없어. 아니, 오히려 더욱 나빠지겠지. 광대놀음을 했다는 것에 말야."

발끈!!

"그건 말이 심하잖아, 재중!"

너무 직설적인 재중의 말에 실바가 발끈해서 크게 소리쳤다.

하지만 재중은 실바를 쳐다보는 눈동자조차 움직이지 않은 채 말을 이었다.

"실력의 차이를 느껴야 강해져. 그게 너희 브라질 방식이 아니었어? 강하면 부딪쳐라, 그리고 부딪쳐서 깨진 만큼 깨닫는 거 말이야."

"……."

너무나 맞는 말에 실바는 결국 한숨과 함께 고개를 숙여 버렸다.

뭐라고 대꾸할 틈조차 없었으니 말이다.

사실 자신이 잘하는 것을 누군가에게 지적받는다는 것, 그것만큼 기분이 더럽고 패배감에 사로잡히는 일은 없을 것이다.

그런데 그것 이상으로 기분이 상하는 일이 있었다.

자신이 그동안 최고라고 생각했던 것이 알고 보니 다른 사람에게는 아무것도 아니라면?

결과는 단 두 가지였다.

이겨내거나, 아니면 무너지는 것이다.

물론 재중이 브라질 팀이 무너지길 바라서 그렇게 수준 차이를 보여준 것은 아니었다.

처음에 자신을 불렀을 때는 도발한 루이스 감독이 괘씸해서 조금은 감정이 섞이기도 했다.

하지만 이번 15분 경기는 순수하게 루이스 감독이 원하는 바를 알고서 재중이 그대로 했을 뿐이었다.

결과적으로는 똑같았지만 말이다.

"일어서, 실바."

재중이 돌연 자리에서 일어서더니 브라주카를 들고 잔디 위로 걸어가기 시작했다.

"응?"

뭔가 복잡한 기분에 잠시 고개를 숙이고 생각하던 실바는 재중의 목소리에 고개를 들었다.

실바는 경기장 안에 서 있는 재중을 잠시 멍하니 쳐다보다가 무언가에 이끌린 듯 일어서서 재중에게 다가갔다.

"더블 플리플랩 하고 싶지?"

"……!"

실바는 마주 선 재중의 말에 순간 눈을 동그랗게 뜨고서 쳐다봤다.

툭!

손에 들고 있던 브리주카를 떨어뜨린 재중이 왼쪽 발로 공을 왼쪽으로 한 번 튕기는 순간 마치 뱀처럼 발목이 휘어지면서 꺾이더니 오른쪽으로 공을 튕겨내는 게 아닌가?

"플리플랩!"

실바는 재중이 방금 한 것이 완벽한 플리플랩이라는 것에 놀라워했다.

그런데 다시 공을 튕긴 재중이 왼발로 플리플랩을 하더니 오른발로 다시 똑같이 플리플랩을 하자 놀랍게도 처음 재중이 공을 놓았던 곳에 그대로 떨어져 내렸다.

"더블… 플리플랩……."

양발로 플리플랩을 한다는 것은 스트라이커에게 정말 엄청난 기술이었다.

막을 수비수가 있을지 의심될 만큼 현란한 기술이었으니 말이다.

그런데 그게 끝이 아니었다.

재중이 공을 툭 차더니 드리블을 하기 시작했다. 그리고 몇 발이나 걸었을까?

공을 튕겨서 발등으로 올리는가 싶더니 뛰어가면서 플리플랩을 하기 시작했다.

그것도 양발로 말이다.

"괴물 같은… 놈……."

실바는 자신도 모르게 중얼거렸다.

드리블하면서 공을 한 번도 땅에 떨어뜨리지 않은 채 플리플랩을 번갈아 하며 골대 안으로 들어가는 재중의 모습에 완전히 질려 버린 표정이었다.

다시 하프라인에 서 있는 실바의 곁으로 다가간 재중은 브리주카를 실바에게 넘겨주면서 조용히 말했다.

"처음에는 작은 걸로 연습해 봐. 그럼 드리블은 몰라도 더블 플리플랩은 가능할 거야… 너라면."

그 말과 함께 조용히 다시 자신이 앉아 있던 곳을 지나쳐 관중석으로 가버렸다.

더 이상 연습 경기를 하지 않는 이상 자신이 이곳에 있을 이유가 없었으니 말이다.

그런데 정작 일행에게 돌아간 재중은 자신을 쳐다보는 수많은 눈동자를 맞이해야만 했다.

"왜 그래?"

평소와 다름없는 목소리로 물어보자 연아가 벌떡 일어서더니 말했다.

"오빠, 축구 선수 해라."

"응?"

뜬금없이 연아가 재중에게 축구 선수를 하라고 고집을 피우기 시작했다.

그에 재중은 피식 웃어버렸다.

"난 그런 거 생각 없다……."

"왜? 그렇게 잘하면서 왜 안 해?"

재중이 공을 차고 난 뒤부터 유달리 많이 듣는 질문이 바로 왜 축구를 안 하느냐는 질문이다.

그런데 설마 이 말을 연아에게까지 들을 줄은 몰랐던 재중이었다.

하지만 아무리 연아라도 대답은 지금까지와 다르지 않았다.

"내가 싫으니까, 됐지?"

가장 설득력이 없으면서도 가장 확실한 대답을 한 재중이다.

재중은 그대로 몸을 돌려 자신들이 타고 온 차를 향해 걷기 시작했다.

"오빠, 끝이야?"

연아는 재중의 모습이 그냥 집으로 돌아가는 것 같은 느낌에 물어보았다.

"응, 연습 끝이야. 이제 집으로 가도 돼."

"그래… 하긴……."

연아는 재중의 말에 쉬고 있는 브라질 대표팀 선수들을 슬쩍 보고는 저도 모르게 고개를 끄덕이는 자신을 발견할 수가 있었다.

불과 15분이지만 재중을 막아선 선수가 단 한 명도 없었다.

무엇보다 멀리서 봐도 지친 모습으로 가득한 표정을 보고 있으면 더 이상 연습은 의미가 없다는 것을 알 수 있으니 말이다.

하지만 재중이 연습 경기장을 떠나고 난 뒤, 루이스 감독은 오히려 홀로 입가에 미소를 그렸다.

조용히 눈을 돌려 관중석에 있던 유럽의 각 클럽 스카우터들을 보면서 말이다.

마치 자신의 진짜 목적은 성공했다는 듯한 혼자만의 미소였다.

Chapter 12
새도우

"여차하면… 자네가 한국에서 캐롤라인을 좀 보호해 줄 수 있겠나?"

다시 별장으로 돌아온 재중을 맞이한 것은 리우데자네이루에 있던 시우바 회장이었다.

단둘이 집무실에 앉자마자 시우바 회장이 꺼낸 말에 재중이 시우바 회장을 쳐다보면서 나직이 말했다.

"상황이 그리 좋지 않군요."

저택이 초토화되어 버린 시우바 회장은 곧장 정부에 손을 쓰기 위해서 움직였다.

또 한편으로는 그룹에서 배신자를 처리하기 위한 활동에 들어갔다.

그러나 배신자들이 조용히 물러날 리가 없었다.

어떻게든지 살아남으려고 발악할 것이 뻔했으니 말이다.

그런데 방금 시우바 회장의 입에서 나온 말은 심상치 않은 의미를 담고 있었다.

여차하면 재중이 보호해 주기를 바란다는 말은 최악의 경우 캐롤라인이 브라질로 다시 돌아올 수 없을지도 모른다는 뜻도 포함하고 있었다.

당연히 재중의 표정이 차갑게 식어버렸다.

"뭐… 그동안 내가 너무 안일하게 뒤에서 움직인 것도 있었겠지……. 아니면 사람 보는 눈이 없었던 걸지도……."

강렬한 뒤통수 치기를 맞은 시우바 회장은 불과 잠깐 사이에 얼굴이 몇 년은 늙어버린 모습이기까지 했다.

스트레스가 그만큼 극심했다는 증거였다.

"그리고 이걸 받게."

시우바 회장이 시커먼 가방 하나를 꺼내 재중에게 보여주었다.

안에는 여러 가지 서류와 함께 녹음기, 그리고 동영상 테이프까지 들어 있었다.

"이게 뭡니까?"

재중은 뭔가 이상한 느낌이 나는 가방을 열었다가 닫으면서 물어봤다.

"내 유언장이네."

"네? 유언장이라니."

"혹시라도 나에게 무슨 일이 생길 경우 시우바 석유와 내가 소유하고 있는 크루즈 여객선 3척, 그리고 시우바 그룹의 주식 45%를 모두 자네에게 주겠다는 유언장 말일세."

딱!

재중은 가방을 미련 없이 다시 시우바 회장 앞에 내밀었다.

"이런 부담은 사양하고 싶습니다……."

엄청난 것을 재중에게 물려주겠다는 시우바 회장의 말이지만 재중은 1초의 망설임도 없이 거절해 버렸다.

그러자 시우바 회장도 그럴 줄 알았다는 듯한 표정을 지었다.

"이 유언장을 자네가 받는 대가로 캘리를 주지, 어떤가?"

"……."

자신의 재산을 받는 대가로 손녀를 주겠다는 말에 재중은 나직이 시우바 회장을 쳐다보다가 한숨을 쉬었다.

"그룹이 캐롤라인보다 소중합니까?"

"아니, 그 반대일세. 캘리를 살리기 위해서 내가 만든 시우바 그룹이 꼭 있어야만 하네."

"어째서입니까?"

뭔가 억지스러운 말이지만 시우바 회장이 너무나 진지했기에 재중은 묻지 않을 수 없었다.

"내가 시우바 그룹을 만들면서 과연 얼마나 많은 적을 만들었다고 생각하나? 자네는 모르겠지… 그룹을 만든다는 것이 어떤 의미인지 말이야. 하지만 난 시우바 그룹을 만들었네. 물론 그 밑바탕에는 수많은 적을 제거한 나의 결정이 있었기 때문이기도 했네."

"……."

재중은 조용히 시우바 회장이 하는 말을 듣기만 했다.

"지금도 내 주변에는 적이 많아. 그리고 내 자식들을 노리는 녀석들도 적지 않은 편이고 말이야. 그런데 그들이 왜 가만히 있는 줄 아는가? 그건 바로 시우바 그룹이라는 거대한 벽이 있기 때문이네. 내 욕심으로 만든 시우바 그룹이지만 결국 그 욕심으로 만든 그룹의 울타리 안에 내 자식들이 안전하게 살아가고 있는 셈이지. 그런데 그 울타리가 갑자기 사라져 버린다면… 어떻게 되겠나?"

시우바 회장의 물음에 재중은 조용히 입을 열었다.

"복수가 시작되겠군요."

"맞아. 지금 유럽에 있는 다른 자식은 모두 각자의 위치에 올라서 굳이 내가 없어도 충분히 자기 한 몸 지킬 수 있네. 하지만 캘리는 그렇지 못해. 내가 너무 오냐오냐 키운 것도 있고 하고 싶은 것을 다 하면서 크도록 만든 책임도 있으니까 말이야……. 그렇지만 가장 사랑하는 손녀인 것도 사실이지.”

회한이 잠긴 시우바 회장의 말에 재중은 나직하게 물었다.

“차라리 캐롤라인에게 재산을 물려주시면 되지 않습니까? 아니면 유럽에 있는 다른 자식들에게도 상관없구요.”

굳이 시우바 회장이 자신에게 재산을 억지로 떠넘기려는 것 자체가 재중은 이해가 가지 않았다.

재중의 질문에 잠시 머뭇거리던 시우바 회장이 조용히 입을 열었다.

“이번 배신자 중에 내 자식도 포함되어 있네, 그것도 캘리를 제외한 모든 자식이…….”

시우바 회장의 말을 듣는 순간 재중은 한숨과 함께 얼굴에 안타까움을 그렸다.

대륙이나 지구나 마찬가지였다.

결국 권력과 힘에 취한 녀석들은 부모가 자식을 죽이고, 반대로 자식이 부모를 죽이는 짓을 서슴지 않는다는 것에는 변함이 없었던 것이다.

대륙에서도 귀족 중에 부모가 너무 오래 가주 자리에 있으면 독살하거나 사고로 위장해서 죽인 다음에 자신이 가주 자리에 올라 권력을 차지하는 일이 너무나 흔했다.

그런데 지구도 결국은 똑같은 것이다.

사실 계열사 사장들만 움직였다고 하기에는 너무나 대담하다고 재중도 어렴풋이 느끼고는 있었다.

하지만 굳이 다른 집안 사정에 끼어들기 싫어서 직접적으로 관련이 없는 한 가만히 있었는데, 역시나 결과적으로 집안 싸움이었던 것이다.

엄청 요란한 싸움이긴 했지만 말이다.

계열사 사장들이 아무리 욕심과 권력에 취했다고 하지만 과연 그들끼리만 배신한다고 해서 시우바 회장의 입김이 닿아 있는 정부까지 움직일 수 있을까?

그렇게 묻는다면 재중은 단연코 아니라고 대답할 것이다.

아니, 정부의 관계자들도 어느 정도는 돈에 움직일 수도 있다.

하지만 시우바 회장의 저택이 그토록 공격을 당하는데 철저하게 외면했다는 것은 너무나 이상했다.

하지만 시우바 회장의 직계 자손들이 개입을 했다면 사정은 완전히 달라질 수밖에 없었다.

처음부터 시우바 회장이 저택에서 살아남는다고 해도 힘든 싸움이 기다리고 있었던 것이다.

"권력은 결국 그런 거죠……."

재중이 나직하게 말하자 시우바 회장도 회한이 가득한 표정을 지었다.

자신의 모든 것을 걸고 만든 시우바 그룹이 결과적으로 자신을 죽이는 칼이 되어 돌아와 버렸으니 말이다.

그나마 유일하게 캐롤라인만이 시우바 회장의 희망이자 안식처였다.

반면 재중은 시우바 회장의 표정에서 그가 진정으로 자신이 원하는 것이 무엇인지 깨달았다는 것을 느낄 수가 있었다.

현재 그는 오직 캐롤라인을 살리기 위해서 움직이고 있었다.

시우바 회장은 재중에게 주려던 재산이 배신한 자식들과 계열사 사장들의 손에 넘어가게 되면 결과적으로 캐롤라인에게 칼날이 되어 돌아갈 것이라는 것을 너무나 잘 알고 있었다.

그렇기에 재중에게 모두 넘겨 버리려고 하는 것이다.

탁~

시우바 회장이 내밀었던 가방에 재중이 손을 얹었다.

"받아주겠는가?"

"유니세프에 기부해 버릴지도 모릅니다……."

자신이 재산을 받아도 어떻게 처분할지 모른다는 약간의 협박을 했지만 시우바 회장은 너털하게 웃어버렸다.

"캘리가 시집갈 때 필요한 돈은 남겨두었으면 고맙겠네."

처음부터 그룹의 재산은 두 번째고 캐롤라인의 안전이 최우선인 시우바 회장이었다.

그리고 그런 진실한 모습이 재중의 마음을 흔들었다는 것을 정작 시우바 회장은 모르고 있었다.

"살고 싶으십니까?"

재중이 나직하게 묻자 천천히 재중을 돌아본 시우바 회장이 고개를 끄덕였다.

"손녀가 시집가서 증손자 놓는 모습까지는 보고 싶은 게 이 늙은이의 소원이긴 하지. 후후후훗……."

얼굴은 스트레스로 인해 늙어버렸지만 오히려 그렇기 때문인지 표정에 진실함이 묻어나고 있었다.

그리고 재중은 그 진실함을 읽을 수가 있었고 말이다.

"그 소원 이뤄 드리지요."

"응?"

뜬금없는 재중의 말에 고개를 든 시우바 회장의 눈이 천천히 커지기 시작하더니 종내에는 너무나 놀라서 입까지 벌린 모습이 되어버렸다.

"사… 사람이… 그림자에서?"

재중의 그림자 속에서 시우바 회장도 익히 알고 있는 테라가 쑤욱~ 올라오더니 아무렇지도 않게 걸어 나오는 모습은 놀라움 그 자체였다.

"테라."

—네, 마스터.

재중이 나직이 부르자 테라가 공손히 대답했다.

"패밀리어 중에 쓸 만한 녀석 있어?"

—음… 어디 보자…….

재중의 말에 허공에 손을 뻗은 테라가 아공간을 열더니 그 속으로 몸을 쑤욱 집어넣어 버렸다.

"허억!!!"

아공간에 몸을 집어넣은 테라의 행동에 시우바 회장은 또 한 번 기겁을 해야만 했는데, 아공간의 특성상 속으로 들어간 테라의 상반신이 사라져 버렸기 때문이었다.

물론 아공간의 입구에 들어갔을 뿐이지만 옆에서 보기에는 상반신이 사라진 것처럼 보였으니 말이다.

그렇게 한참을 뒤졌을까?

—아~ 딱 맞는 게 하나 있어요.

아공간 속에서 다시 얼굴을 드러낸 테라의 손에는 작은 알이 하나 들려 있었다.

크기는 일반 달걀보다 큰 편에 탁구공처럼 동그란 모양이었다.

"뭐야?"

—섀도우예요.

"그림자라……."

재중이 테라의 말을 듣고서는 잠시 생각하더니 고개를 끄덕였다.

"뭐, 그 정도면 최소한 죽지는 않겠지."

—당연하죠!! 섀도우가 어떤 녀석인데요. 한때 제국 황제의 마지막 희망이었는데 그렇게 쉽게 말하지 마세요, 마스터.

섀도우를 너무 쉽게 생각하는 재중의 모습에 테라가 작게 투정을 부렸다.

테라는 손에 들고 있던 알을 시우바 회장에게 주었다.

"이게 뭐요?"

시우바 회장은 자신도 받기는 했지만 뭘 어떻게 하라는 건지 영문을 알 수가 없기에 되물어봤다.

—가만히 손에 쥐고 계세요. 아주 꼬~ 옥 양손으로 감싸듯 말이에요.

"이렇게……?"

시우바 회장은 테라의 손 모양을 따라서 섀도우의 알을 조심스럽게 양손으로 감쌌다.

하지만 아무래도 알이다 보니 힘이 잘 들어가지 않는 것은 어쩔 수 없었다.

—힘을 줘도 상관없어요. 그건 사람이 밟고 올라서도 부화

방법을 모르면 절대로 깨어지지 않으니까요.

너무 조심스럽게 알을 감싸고 있는 시우바 회장의 모습에 아예 테라가 그의 손을 잡고 강제로 움켜쥐도록 만들었다.

그리고는 손을 떼더니 말한다.

—제 말을 따라하세요.

“말을? 그러지… 요.”

—태고의 생명의 끝에 있는 어둠이여, 나 그 어둠에 고하노니 어둠의 생명인 이 작은 씨앗을 내 품에서 살아가도록 허락하나이다.

“태고의 생명의 끝에 있는 어둠이여, 나 그 어둠에 고하노니 어둠의 생명인 이 작은 씨앗을 내 품에서 살아가도록 허락하나이다…….”

시우바 회장이 잔득 긴장한 얼굴로 테라가 한 말을 그대로 따라했다.

파삭!

아무리 힘을 줘도 절대로 깨지지 않을 것 같은 손안의 알이 저절로 깨어져 버렸다.

그리고 시우바 회장의 손안에는 깨어진 알껍데기 대신 시커먼 것이 흔들리며 시야를 어지럽히고 있었다.

“이게… 뭐… 요?”

시우바 회장은 지금까지 들어보지도 못한 것이 자신의 손

위에서 꿈틀거리자 놀라서 테라에게 물어봤다.

―쉬잇~

손가락을 자신의 입술에 가져간 테라가 조용히 하라고 입 모양으로 말하고는 무언가 알 수 없는 언어를 중얼거리기 시작했다.

가까이서 듣고 있는 시우바 회장은 조금씩 머리가 아파오기 시작했다.

"으윽… 도대체 뭘… 하는……."

갑작스런 두통에 머리가 아팠지만 지금 움직이면 손안에 있는 검은 것이 영원히 사라질 것만 같은 느낌이 들었다.

그래서일까? 그렇게 억지로 고통을 참으며 얼마나 지났을까?

―끝났어요.

"허억… 허억……."

테라의 중얼거림이 끝나자 시우바 회장을 괴롭히던 두통이 거짓말처럼 감쪽같이 사라져 버렸다.

그리고 시선을 내려 손안을 보자 방금 전까지 꿈틀거리던 검은 것이 사라진 것이다.

"도대체 이게 무슨 일인지……."

마법에 대해서는 상상도 하지 못하는 시우바 회장이었다.

당연히 방금 테라가 자신에게 시킨 것이 새도우를 강제로 시우바 회장의 권속으로 종속시키는 주문이었다는 것을 알리가 없기에 고개를 갸웃거리기만 했다.

—별다른 느낌이 없죠?

테라가 전혀 갈피를 잡지 못하는 시우바 회장의 모습에 물어봤다.

"테라 양… 도무지 뭐가 뭔지… 모르겠군요……."

반말을 했다가 반존대를 했다.

지금 시우바 회장은 혼란에 빠진 상태였다.

그런 시우바 회장을 가만히 지켜보던 재중이 탁자에 있던 주먹 크기만 한 나무로 만든 장식을 집어 들더니,

"궁금하면 눈으로 확인하세요."

그 말과 함께 냅다 시우바 회장의 얼굴을 향해 던져 버렸다.

그것도 마치 화살이 날아가듯 빠르게 말이다.

"헉!!!"

나무 장식은 무슨 반응을 하기도 불가능할 만큼 빠르게 날아왔다.

그런데 나무 장식이 시우바 회장의 얼굴에 어느 정도 다가왔을 때였다.

갑자기 시우바 회장의 그림자에서 검은 줄기가 빠르게 뻗어 나오더니,

파직!!

나무 장식을 산산히 부숴 버린 것이다.

"이건… 도대체……?"

자신의 그림자가 마치 살아 있는 듯 움직이는 것도 신기했지만, 그 그림자가 자신을 지켜줬다는 것이 더욱 신기했다.

—새도우에요. 지능이 낮긴 하지만 지금부터 수백 발의 총알이 쏟아지지 않는 이상 영감님을 죽일 수 있는 존재는 저와 저의 마스터뿐이에요.

"……."

방금 나무 장식을 막는 것을 봤기에 의심하는 것은 아니다.

하지만 총알까지 막는다는 것은 사실 좀 쉽게 믿음이 가지 않았었다.

재중이 그런 시우바 회장의 의심을 읽었는지 자리에서 일어서서 말했다.

"일어나서 앞에 서보세요."

"응?"

재중만큼은 철석같이 믿는 시우바 회장이었으니 시키는 대로 일어서서 앞에 섰다.

순식간에 벌어진 일이었다.

돌연 재중의 손에서 은빛의 선들이 뻗어 나오더니 다음 순간 롱소드 크기의 검 한 자루가 들려 있는 것이었다.

"그… 그건 도대체……."

오늘 정말 여러 가지 놀라운 일이 연속으로 일어났지만 사람의 손에서 검이 튀어나온 것은 정말 놀랄 수밖에 없었다.

무슨 X맨이라는 유명한 미국 만화에 나오는 울버린을 실제로 본다고 해도 재중이 만들어낸 검이 더 놀라우면 놀라웠지 덜하진 않았으니 말이다.

"테라, 총알 속도가 어느 정도였지?"

—어떤 종류를 말씀하시는 거예요, 마스터?

총의 종류에 따라서도 속도가 다르기에 테라가 되물어보았다.

"뭐, 자동소총의 총알이 빠르겠지?"

보통 자동소총 표준규격이라고 할 수 있는 5.56mm탄의 경우 940m/s정도로 음속의 3배에 달하는 속도를 가지고 있는 것이 대부분이었다.

물론 자동소총보다 작고 화약도 적은 권총의 경우는 9mm는 340m/s를 넘는 초음속 탄이지만, 45ACP와 같은 대구경탄은 오히려 권총보다 조금 느리지만 파괴력은 높은 편이었다.

말 그대로 사람의 눈으로 총알을 보고 피한다는 것은 사실상 불가능한 속도인 것이다.

—음… 이 정도일까요?

총알의 속도를 숫자로 말해줘 봐야 재중이 쉽게 알 수 있을

리 없었다.

그렇기에 테라는 자신의 손가락을 들어 마치 총알을 쏘듯 모양을 취했다.

그러자 곧 테라의 검지 끝에 푸른빛의 자그마한 덩어리 같은 것이 생기기 시작했다.

—빵야~

테라의 입에서 장난스럽게 신호가 떨어지자,

펑!!

파삭!!

놀랍게도 테라의 검지 끝에 있던 푸른빛이 실제 총이 발사되는 것과 거의 비슷한 소리와 속도로 날아가 벽에 박혀 버린 것이다.

"……."

그걸 옆에서 지켜본 시우바 회장은 이게 꿈이라면 얼른 깨어나길 속으로 바랐다.

하지만 안타깝게도 정말 본편은 아직 시작도 하지 않은 상태였다.

"음… 그 정도라면……."

번쩍!

테라가 쏜 마력탄을 본 재중은 너무나 쉽게 검을 움직였다.

그게 너무 빨라서 빛이 번쩍이는 것처럼 보이기까지 했다.

그런데 허공에 몇 번 번쩍이는 칼질을 하고난 재중이 몸을 돌리더니 시우바 회장을 정면에서 바라보는 것이 아닌가?

"설마… 자네……?"

불안한 느낌은 항상 정확하게 잘 맞아떨어진다.

시우바 회장은 제발 지금 자신이 생각하는 것이 틀렸기를 바랐다.

씨익~

하지만 재중의 입가에 미소가 걸린 것과 동시에 재중의 검이 번쩍이기 시작했다.

챙챙챙챙챙챙챙!!!

질끈!

아무리 담력이 강한 시우바 회장이라도 이번만큼은 자신도 모르게 눈이 감겼다.

하지만 이미 소리에서 드러났듯 시우바 회장이 눈을 감기도 전에 재중의 검이 7번이나 시우바 회장의 얼굴과 가슴, 목, 팔 등을 찔러 들어왔다.

시우바 회장이 눈을 감았을 때는 이미 재중의 공격이 새도우에 막혀 버린 뒤였다.

이미 눈을 감으려고 눈꺼풀이 내려가는 그 짧은 순간에 새도우는 재중의 검을 모두 막아버린 것이다.

그것도 완벽하게 말이다.

"이 정도면 총알도 막는 거 믿으시겠죠?"

"그… 그러네… 믿지……."

아니, 믿지 않아도 무조건 믿어야만 했다.

만약 이번에도 시우바 회장이 믿지 못하겠다는 눈빛이라도 보인다면 어떤 실험을 할지 상상조차 가지 않았으니 말이다.

"그래요? 음… 원하신다면 이런 실험도 해드릴 수 있는데요."

재중이 뭔가 아쉽다는 듯 말을 했다.

그 직후, 재중의 몸이 살짝 흔들린다 싶더니 순식간에 2명이 되어버렸다.

그런데 그게 끝이 아니었다.

2명이 4명이 되더니 정확하게 시우바 회장의 사방을 막아선 재중이 검을 흔들었다.

번쩍!

챙!!

동시에 각기 다른 곳을 향해 찔러 들어간 재중의 검을 새도우가 정확하게 막아버린 것이다.

"쓸 만하네."

마지막 동시 공격까지 실험을 마친 재중이 만족한 듯한 표정을 지었다.

그러자 테라가 심통이 난 얼굴로 투덜거렸다.

—마스터나 새도우를 그냥 쓸 만한 정도로 생각하죠. 제국의 황제는 새도우 때문에 대륙에 전쟁까지 일으켰어요……. 나참… 마스터는 너무 쉽게 생각하신다니까… 정말…….

나름 생각해서 꺼낸 새도우인데 크게 인정받지 못한 것이 못내 서운한 듯한 테라였다.

하지만 정작 새도우를 받은 시우바 회장은 잠시 동안 멍하니 서 있다가 입가에 미소를 그리기 시작했다.

"정말… 자네는 신이 나에게 보내준 천사가 틀림없군."

절묘하게도 정말 자신이 필요할 때 나타나 목숨을 구해준 것이 벌써 2번이었다.

그것도 극히 절망적인 상황에서 말이다.

하지만 이번에 받은 새도우는 그 모든 것을 뛰어넘을 정도였다.

시우바 회장 스스로도 도대체 재중은 어떻게 이런 것을 아무렇지 않게 자신에게 주는지 그게 오히려 궁금했다.

하지만 이제는 어느 정도 재중의 성격을 파악한 시우바 회장이다.

물어도 대답해 주지 않을 것을 알기에 다른 질문은 하지 않는 모습이었다.

"진실한 눈빛, 그거 하나가 저를 움직였으니 감사의 인사는 받지 않겠습니다. 전 그저 제가 원하는 대로 행동했을 뿐이니까요."

"그래… 그렇겠지……. 하지만 그래도 난 자네에게 감사하네. 그리고 어떻게든 살아남겠네, 자네에게 준 유언장이 휴지조각이 되도록 말이야."

방금 전까지 다 죽어가던 시우바 회장의 모습은 사라져 버린 지 오래였다.

눈에는 투지가 불타고 있고, 얼굴에는 화색이 돌기 시작했으니 말이다.

재중이 보여준 무식한 실험은 정말 당장에 오줌을 지릴 만큼 무시무시했다.

하지만 반대로 그 실험으로 인해 자신의 그림자에 있는 섀도우에 대한 무한한 믿음이 생겼다.

그러자 더 이상 무서울 게 없어진 것이다.

사람은 자신이 죽을 위험이 없다면 얼마나 용감해질까?

일반적으로 FPS게임을 할 때 대부분의 사람은 무조건 뛰어드는 경우가 많았다.

왜 그럴까?

이유는 간단했다.

리스폰(죽은 자리나 정해진 자리에 캐릭터가 부활하는 것)이 있기 때문이다.

만약 한 방에 죽고 게임이 끝난다면 과연 그렇게 용감하게 돌진하는 사람이 있을까?

아마 아무도 없을 것이다.

그런데 지금 시우바 회장이 받은 새도우라는 존재는 마치 게임 속 리스폰과도 같았다.

마지막까지 자신의 목숨을 지켜줄 수 있는 존재 말이다.

시우바 회장은 새도우라는 존재로 인해 과감해질 수 있었다.

물론 재중에게 받았기에 언제 다시 빼앗길지 모른다.

하지만 시우바 회장은 주어진 것을 최대한 활용할 줄 아는 사람이었다.

이미 그의 머릿속에는 이번에 자신을 죽이려 했던 배신자 전원을 어떻게 처리할지 계획이 그려지는 중이었다.

자신의 안전이 보장되면 인간은 한없이 과감해지고 그리고 한없이 잔인해지기도 하는 것이다.

Chapter 13
초호화 크루즈

"허억… 이게 크루즈… 구나……."

"크다……."

"우와……."

"올려다봤더니 목이 아파요……."

지금 재중과 재중의 카페 식구들은 상파울로에서 출발하는 시우바 회장 소유의 호화 크루즈를 타기 위해서 크루즈 부두로 나와 있는 상태였다.

크루즈 부두에 있는 것은 호화 크루즈 여객선이니 모두의 시선이 집중되는 것이 당연하고 말이다.

재중도 그냥 괜찮은 크루즈라는 말만 들었을 뿐 실제로 본 적은 없었다.

그런데 막상 보니 크기가 어마어마했기에 재중도 내심 놀라고 있었다.

“오빠… 우리 저거 타는 거야?”

“응.”

“장난 아니다… 뭔 배가 저렇게 커……. 꼭대기 보다가 목에 디스크 걸리겠네, ~~후후후후후훗~~!!”

크루즈를 탄다는 것에 들떠 있긴 했지만, 직접 엄청난 크기의 크루즈를 보자 너무 압도적인 크기에 놀라서 흥분조차 가라앉아 버린 것이다.

캐롤라인의 애칭을 따서 시우바 회장이 직접 이름을 붙인 캘리호는 총 무게만 해도 11만 5천 톤인 길이 290미터, 폭 48미터 규모의 선박이었다.

승객 5,000명과 승무원 1,090명을 태우고 이대로 바다를 나가 며칠, 또는 몇 달을 항해할 수 있는 괴물 같은 배가 바로 크루즈인 것이다.

특히나 캘리호는 시우바 회장이 직접 큰돈을 들여 주문 제작했기에 어떤 크루즈와 비교해도 결코 뒤떨어지지 않는 설비를 자랑하고 있었다.

지금 재중과 카페 식구들, 그리고 캐롤라인과 천서영까지 각자 크리스탈 펜트하우스 스위트룸을 배정받은 상태였다.

크리스탈 펜트하우스는 현재 캘리호에 있는 선실의 등급 중에서도 최고급이었다.

가장 낮은 순으로는 디럭스 오션뷰가 있었고, 바로 한 단계 위로는 디럭스 베란다가 있었다.

그리고 중간급인 펜트하우스가 있었고, 거기에 한 단계 위로 펜트하우스 스위트가 있는데 이런 방들조차도 웬만한 5성급 호텔 저리 가라 할 만큼 호화로웠다.

하지만 진짜는 바로 재중과 일행이 묵을 크리스탈 펜트하우스 스위트였다.

룸 하나의 크기가 총 37.8평으로 넓은 응접실과 별도의 다이닝 공간, 침실 공간으로 나뉘어 있고 킹사이즈 베드와 트윈 베드, 냉장고, 거기다 승선 시 무료 와인과 주류가 모두 기본으로 제공되었다.

그뿐인가?

원한다면 개인 집사 서비스와 안전금고까지 쓸 수 있는 방이었다.

한마디로 38평짜리 6성급 호텔에서도 최고급 룸에 머물고 있다고 생각해도 전혀 이상하지 않은 것이 바로 크리스탈 펜트하우스 스위트룸인 것이다.

전희준과 한비아는 모녀이기에 한방을 썼고, 유혜림과 유새민 자매는 쌍둥이다 보니 자신들이 한방에 머물길 원해서 방 하나만 주었을 뿐 나머지는 모두 개별적으로 룸이 주어진 상태였다.

"선우재중 님과 일행분이십니까."

캘리호에 타기 위해 입구에 다다르자 깔끔하게 정복을 입은 50대 남자가 재중에게 다가와 정중하게 인사를 하면서 물어보았다.

"네, 제가 선우재중입니다……."

상대가 먼저 다가와 물어보기에 재중이 대답했다.

"처음 뵙겠습니다. 전 선우재중 님께서 승선해서 하선 하실 때까지 필요한 것을 모두 도와드릴 집사 헤럴드입니다……."

"집사… 라니……?"

재중은 무슨 크루즈 여행하는데 집사까지 있냐는 듯한 눈빛을 했다.

"회장님의 특별 지시가 있었습니다. 선우재중 님에게는 남자인 제가 집사로 있지만 다른 여성 일행분에게는 이미 룸에 여성 집사가 대기하고 있습니다……."

"나참… 이럴 필요는 없는데… 쩝……."

재중이 시우바 회장에게 준 새도우의 약발이 너무 강한 게 문제였다.

본래 재중이 머물 방은 크리스탈 펜트하우스 스위트가 아니라 중간쯤인 펜트하우스였는데, 재중이 준 섀도우가 너무나 마음에 들었던 시우바 회장이 본래 예약이 있던 손님까지 취소시키고는 룸 7개를 비워 버린 것이다.

크리스탈 펜트하우스 스위트의 비용을 생각한다면 7개의 룸을 비운 시우바 회장의 손해가 적진 않았다.

하지만 이미 그 정도 금전적 손해는 자신이 얻은 것에 비하면 아무것도 아니기에 거리낌 없었다.

그리고 정말 재중의 담당 집사 헤럴드를 따라서 가보니 이미 각자의 방문 앞에 20대로 보이는 여성 집사들이 대기하고 있는 중이었다.

"오빠… 도대체… 시우바 회장님이랑… 어떤 사이야?"

상황이 이렇게 되자 그저 공짜 크루즈 여행이라고 생각하던 연아도 의심을 하지 않을 수 없었다.

현실이 자신이 상상했던 것 이상으로 호화롭기만 하니 어안이 벙벙했다.

그리고 그런 상황은 연아뿐만이 아니라 이곳에 있는 전원이 같은 상태였다.

"뭐, 해준다는데 굳이 거절할 필요가 있어? 즐기면 되지."

재중은 어차피 시우바 회장이 좋아서 해준다는데 뭔 걱정이냐는 듯한 표정으로 방에 들어갔다.

연아가 더 무어라 할 수 있겠는가.

그녀도 어쩔 수 없이 방으로 들어가 버렸다.

"우리도 그럼……?"

재중과 연아가 방으로 들어가자 결국 멈칫거리던 나머지 일행도 각자의 방으로 들어가 버렸다.

방으로 들어가고 한 시간쯤 지났을까?

크루즈를 구경하기 위해서 다시 모였을 때는 조금 전에 멈칫거리던 모습은 완전히 사라지고 없었다.

"오빠! 방이 아주 끝내줘!!!"

연아는 태어나 처음으로 그렇게 호화스러운 방을 봤다면서 입이 침이 마르도록 떠들었고, 다른 사람들도 상황은 비슷했다.

처음에야 너무 갑작스러운 변화에 멈칫거리면서 소극적이었을 뿐이다.

방에 들어가서 한 시간 동안 구경하면서 적응을 마치자 마치 자기 안방처럼 편해져 버린 것이다.

거기다 재중의 방과 똑같이 다른 일행의 방에도 바로 맞은편에 집사들이 머무는 방이 있었기에 호출만 하면 5분 내로 집사가 달려와 주었다.

마치 자신이 귀족이나 여왕이 된 듯한 착각에 빠져 버린 것이다.

하지만 재중은 그저 평온하기만 했다.

"오빠는 별루야?"

재중은 전혀 좋다거나 어떻다거나 말이 한마디도 없기에 연아가 궁금해서 물어보았다.

"좋아."

재중이 짤막하게 한마디로 끝내 버리자 왠지 그게 마음에 들지 않았는지 연아가 볼을 살짝 부풀리고는 말했다.

"그렇게 칼로 무 자르듯 대답하면 여자들이 싫어해. 약간 자세하면서도 듣는 사람이 바로 알 수 있게 부드럽게 말해야지."

마치 타이르듯 말하는 연아였지만 재중은 왠지 그런 모습이 귀엽기만 했다.

그래서 손을 들어 연아의 머리를 쓰다듬어 주자 연아가 투덜거렸다.

"에잇! 난 어린애가 아니야!!"

좋아하면서도 말이 끊긴 것에 괜히 심술이 난 연아가 고개를 힘차게 흔들었다.

하지만 재중의 손아귀를 벗어날 수는 없는 듯했다.

결국에는 얌전히 재중의 손아귀에 머리를 맡겨야 했으니 말이다.

"근데 배 위에 수영장에… 골프 연습장까지… 없는 게 없네…….”

배 가장 위에 모여 햇빛을 피해 차를 마시며 연아가 중얼거렸다.

그러자 캐롤라인이 슬쩍 옆에서 거들었다.

“아래에는 재미있는 것이 더 많아요.”

“어떤 거요?”

캐롤라인의 말에 호기심이 가득한 눈으로 바라보는 연아였다.

그리고 크루즈는 그 호기심을 충분히 채워주기에 떠다니는 리조트라고 불리기도 했다.

아마 지금부터 크루즈를 돌아다니면서 구경만 해도 며칠이 걸릴지 장담할 수 없을 만큼 큰 것이 바로 크루즈인 것이다.

“오빠, 우리는 이제 크루즈 구경하려고 하는데 안 갈래?”

잠시 동안 얌전하게 앉아 있는다 싶더니 결국 연아가 벌떡 일어서면서 재중에게 물어봤다.

“별로…….”

하지만 그다지 크루즈에 흥미를 보이지 않는 모습에 재중을 제외한 여자 전원이 움직여 버렸다.

물론 안내를 해줄 집사 3명을 포함했기에 길 잃을 걱정은 없었다.

크루즈 안에서 실종될 일도 없었기에 재중은 잘 다녀오라고 손짓으로 인사했다.

여자들이 떠난 뒤 재중은 다시 얼음이 가득한 아이스커피를 마시면서 조용히 먼 곳을 바라봤다.

그런데 모두가 떠나고 한 10분이 흘렀을까?

재중의 곁으로 늘씬한 각선미를 자랑하는 옷차림을 한 중국 여성이 다가오더니 물었다.

"여기 앉아도 되나요?"

중국어였다.

힐끗 그녀를 쳐다본 재중은 눈이 마주치는 순간 그녀의 정체를 알아차렸다.

"삼합회에서 나를 용케 찾았군그래."

뜨끔!

여자는 재중이 자신의 정체를 단번에 파악했다는 것에 아주 잠깐 당황하는 듯했다.

그러더니 방금 전까지 지었던 요염한 표정이 사라지고 날카로운 눈빛으로 변해 버렸다.

마치 한 마리 표범이 먹이를 노려보는 것같이 말이다.

"중국어를 잘하시네요."

여자는 재중이 허락하지 않았지만 상관없다는 듯 마주 보는 자리에 앉아 다리를 꼬고 자세를 잡았다. 늘씬한 다리의 각선미가 더욱 육감적으로 보였다.

아마 보통의 남자라면 그녀의 다리만 보고도 머릿속에 한 가지 생각만 가득했을지 모른다.

하지만 재중은 무심한 표정 그대로였다.

"무슨 용무지?"

오히려 귀찮다는 듯 심드렁하게 물어보는 재중 모습에 그녀는 작게 웃더니 말했다.

"우리 쪽 사람을 너무 심하게 다루셨더군요, 선우재중 씨."

정태만 덕분에 알게 되어 양팔을 뽑아버린 뒤에 중국 땅에 버린 창 대인이란 녀석이 어떻게 살아서 삼합회로 돌아가긴 했던 모양이었다.

이렇게 그쪽에서 재중을 찾아온 것을 보면 말이다.

거기다 재중의 이름을 정확하게 말하는 그녀의 행동에는 은연중에 협박이 섞여 있기도 했다.

이름만 알고 있는 것이 아니라, 재중의 모든 것을 알고 있다고 말이다.

재중은 그런 그녀의 협박에 오히려 입가에 진한 미소를 그렸다.

재중은 천천히 허리를 일으켜 똑바로 그녀를 쳐다보면서 입을 열었다.

"지금 나를 협박하는 건가?"

"호호호호… 이런, 협박이라니요……. 그런 무서운 말은… 당신이 나를 따라가지 않았을 때나 하는 거죠……. 이건 충고예요. 아주 가벼운 충고."

"충고라… 과연 네가 나에게 충고를 할 자격이 있을까?"

재중이 나직하게 말하자 오히려 그녀는 웃음을 터뜨렸다.

"호호호호홋… 지금 저에게 자격을 말했나요? 참 대단한 용기네요, 선우재중 씨……. 아~ 혹시 지금 당신과 함께 온 일행이 걱정되진 않나요?"

"……."

재중이 좀처럼 자신의 뜻대로 되지 않는 듯하자 조금 전 크루즈를 구경하러 떠난 재중의 일행을 들먹인다.

그 모습에 잠시 입을 다물어 버린 재중이었다.

그리고 그런 재중의 행동이 그녀에게는 재중이 자신의 뜻대로 움직일 수밖에 없는 것처럼 보이기 시작했다.

그런데 돌연 입가에 미소를 그린 재중이 그녀를 똑바로 쳐다보면서 말했다.

"너의 부하가 아마 첸과 홍란, 그리고 쉐이엔이었지, 아마?"

벌떡!!

재중의 입에서 나온 이름을 듣는 순간 그녀는 소스라치게 놀라서 자신도 모르게 자리에 벌떡 일어섰다.

그리곤 재중을 향해 삿대질을 하는 게 아닌가?

"당신… 도대체 어떻게 내 부하의 이름을… 아는 거야!"

방금 재중이 말한 이름들은 그녀의 부하가 맞았다.

그런데 이렇게 그녀가 놀라는 데는 다른 이유가 있었다.

바로 재중이 말한 이름 때문이었는데, 첸과 홍란 쉐이렌은 삼합회에서도 사용하지 않는 이름으로 오직 그녀와 부하들만 아는 진명(陳名)이었던 것이다.

본래 진명의 뜻은 묵은 이름이라는 뜻이지만 중국에서는 숨겨진 이름, 또는 진정한 자신의 이름을 진명이라고 했다.

삼합회에서조차 모르고 있는 부하들의 숨겨진 진명이 재중의 입에서 나오니 소스라치게 놀라는 것은 당연했다.

죽는 순간에도 부하들이 자신의 진명을 말하지 않았을 것임을 너무나 당연하게 생각하고 있던 그녀였으니 말이다.

"그리고 당신 이름이 아이린 아닌가?"

"……!!!"

부하 이름도 그랬지만 방금 재중이 말한 자신의 이름도 진명이었다.

재중을 보는 아이린의 눈빛에 두려움이 가득해졌다.

"당신… 어떻게… 내 진명까지 아는 거야……. 당신 누구야!!"

"그게 중요한가? 아니면 당신을 지켜보고 있는 저 2명이 걱정스러운 건가?"

"……."

아이린은 자신을 감시하고 있는 사람까지 알아챘다는 것에 더 이상 서 있을 힘도 없는지 다시 의자에 주저앉아 버렸다.

그런데 그때, 재중이 살짝 눈을 윙크하더니 아이린의 머릿속으로 직접 목소리가 들려왔다.

[인터폴이라는 건 나도 알고 있으니 그냥 입 다물고 있어요.]

"……!"

도대체 재중의 정체가 뭔지 정말 궁금해진 아이린이었다.

그녀가 인터폴이라는 것은 그녀의 직속상관과 최고 책임자인 국장밖에 모르고 있는 사실인데 재중은 그것까지 알고 있었던 것이다.

거기다 머릿속으로 직접 이야기를 하는 재중의 능력에 그녀는 자신도 모르게 눈빛이 차분하게 가라앉았다.

아이린은 혹시나 하는 생각에 입으로 말하는 대신 생각으로 말을 했다.

[어떻게 알고 있는 거죠?]

[그냥 알게 되네요. 후후훗.]

상대의 생각까지 읽어서 대답하는 재중이었다.

그리고 그런 재중의 능력에 그녀의 머릿속에 떠오르는 것은 오직 하나였다.

타심통(他心通).

상대의 생각을 읽고 자신의 생각을 읽게 할 수 있는 능력이 바로 타심통으로, 자신의 말을 전하는 전음과는 완전히 수준이 달랐다.

전음이 기술이라면 타심통은 깨달음이라는 말이 있을 정도로 하늘과 땅 차이인 것이다.

거기다 아이린이 알기로는 타심통을 쓰기 위해서는 최소 화경보다 위 단계인 현경을 넘어 생사경에 이르러야 했다.

그런데 지금 재중이 그런 타심통을 쓰고 있었다.

상황이 너무 놀라워서일까?

아이린은 아예 놀라움을 넘어 지금 상황을 냉정하게 생각하고 받아들이게 되었다.

아니, 그런 단계를 넘어 타심통 자체가 사실상 허구의 능력이라고 생각될 만큼 꿈의 경지에 있었으니 말이다.

[제 부하들은 무사한가요?]

부하들도 인터폴의 형사였기에 아이린이 걱정스러운 마음으로 물어봤다.

[네, 인터폴을 상대로 싸우고 싶은 생각은 없습니다만, 저기 3층 아래에서 감시하는 두 녀석은 그대로 둘 생각인가요?]

재중은 오히려 아이린을 걱정하면서 그녀를 감시하는 삼

합회에서 나온 감시자들을 지적하며 물어봤다.

그러자 아이린이 고개를 흔들었다.

[지금은 아니에요. 저들의 눈과 귀는 모두 삼합회 조직 간부들의 눈과 귀니까요.]

한마디로 저들을 처리하는 것은 아이린이 인터폴이라고 떠벌리는 것이나 마찬가지인 것이다.

하지만 반대로 감시를 받고 있다는 것 자체가 지금 아이린이 삼합회에서 의심을 받고 있다고 생각해도 되었다.

[조만간에 들킬 것 같은데 지금이라도 피하시죠.]

재중은 지금 아이린을 감시하는 녀석들의 대화를 들을 수 있었다.

그들의 이야기를 통해 삼합회에서 아이린을 의심하고 있다는 것을 알고 나직이 충고를 해주었지만 돌아온 건 거절이었다.

[안 돼요, 전 꼭 트러블의 제조 공장을 알아야만 해요.]

자신의 목숨조차 아깝지 않다는 듯 결의에 찬 눈빛으로 재중을 똑바로 쳐다본다.

살짝 쓴웃음을 지어 보인 재중이 되물었다.

[목숨이 그렇게 하찮은가요?]

다소 직설적인 질문이었지만 오히려 아이린은 담담하게 대답했다.

[아까워요, 하지만 신종 마약 트러블은 없애 버려야 해요… 기필코…….]

재중은 방금 아이린의 대답에서 신념을 넘어 집념이 느껴졌기에 호기심이 생겼다.

과연 무엇이 그녀를 이토록 집착하게 하는지 말이다.

아무리 인터폴이라도 위험하다 싶으면 부하들을 빼내는 것이 상식이었고, 지금까지 그렇게 해왔었던 인터폴이었다.

이미 조직에서 의심을 받고 있다는 것 자체가 아이린의 목숨을 위협하기 충분한 상황이었다.

당연히 본인도 그걸 너무나 잘 알고 있는데도 끝까지 포기하지 않겠다는 집념을 보이자 재중은 오히려 뭔가 재미있는 일이 생길 것 같다는 생각이 들기 시작했다.

물론 이미 자신이 전에 삼합회에 했던 약속을 지켜야겠다는 생각도 포함되긴 했지만, 당장 재중의 마음을 움직인 것은 아이린의 집념이었다.

"뭐, 심심했는데 잘됐네요, 린린 씨."

"……."

조직에서 쓰는 자신의 이름을 가르쳐 주지도 않았는데 말하는 재중의 모습에 아이린이 날카롭게 한 번 노려보았다.

하지만 아이린은 곧 눈에 힘을 풀어버렸다.

타심통을 쓰는 상대에게 숨길 수 있는 것은 결국 없다는 것을 책에서 읽기는 했다.

하지만 설마 그게 사실일 줄은 몰랐으니 말이다.

"저를 따라가실 건가요, 선우재중 씨?"

재중이 무슨 꿍꿍이인지는 모르지만 먼저 자신을 따라가겠다는데 굳이 망설일 필요가 없었다.

아이린이 말하자 오히려 재중이 먼저 일어섰다.

"어디로 가면 되죠?"

"따라오세요."

아이린은 처음 재중 앞에 나타났을 때와 같이 요염하게 엉덩이를 흔들면서 앞장섰고 재중이 곧 뒤따라 움직였다.

그러자 아이린을 감시하고 있던 녀석들도 조용히 안으로 사라져 버렸다.

*　　*　　*

"여기예요."

"여기는 구명정이 있는 곳인데?"

캘리호는 한번 출항하면 그걸로 끝이기에 딱히 갈 곳이 없었다.

그리고 그런 캘리호에서 아이린이 안내한 곳은 뜻밖에도 가장 뒤쪽에 사람들이 거의 오지 않는 구명정이 있는 곳이었다.

주변을 잠깐 살펴본 아이린은 손에서 작은 호루라기를 꺼내 힘껏 불었다.

그런데 특이한 것이 호루라기를 불었지만 주변에 그 소리를 들은 사람이 아무도 없다는 것이다.

[특수 음역대 호루라기라… 삼합회는 참 번거로운 짓을 많이 하는군요.]

재중이 호루라기의 정체를 알아차리고 머릿속으로 직접 말을 걸었다.

[어쩔 수 없죠, 그들의 방식이니.]

아이린도 좋아서 쓰는 호루라기가 아니었기에 대충 대답을 해버렸다.

두 사람의 대화가 끝나자마자 구석에서 선글라스를 쓴 너무나 평범해 보이는 중국인 남자 두 명이 다가오더니 아이린에게 슬쩍 고갯짓을 했다.

"같이 가겠다네요."

"그래… 그럼 시작하지."

곧장 구명정에 달려든 2명의 중국인 남자가 순식간에 구명정의 잠금장치를 풀어버렸다.

거기다 크루즈 조타실에서 구명정이 풀렸다는 것을 알도록 장치되어 있는 알람 장치까지 우회해서 속여 버렸다.

완벽하게 준비가 끝나 버린 것이다.

"구명정으로 탈출이라… 뭐, 특이하긴 하군……."

재중은 끌려가면서도 마치 집 앞을 산책하는 것 같은 여유로움이 가득했다.

물론 아이린은 재중의 능력을 간접적으로 느꼈기에 평온했지만, 뒤에 나타난 아이린의 감시역이기도 한 중국인 남자들은 재중을 보고서 피식 웃어버렸다.

마치 언제까지 그런 여유를 부릴 수 있을지 두고 보겠다는 듯 말이다.

쿵쿵쿵!!

퍽!!

촤라라라락!!

구명정을 힘껏 밀어서 떨어뜨리자 구명정이 순식간에 펼쳐졌다.

남자들은 지체할 시간이 없다는 듯 곧바로 밧줄을 걸고 빠르게 뛰어내리기 시작했다.

"가요."

아이린이 재중을 재촉하자 재중도 밧줄을 타고 캘리호에서 빠져나가 버렸다.

내려오는 시간 때문에 살짝 구명정에서 멀어지긴 했지만 조금만 헤엄을 치니 구명정에 올라탈 수 있었다.

마지막으로 아이린이 구명정에 올라탄 지 30분 정도 지났을까?

덜컥!

구명정 옆으로 배가 한 척 다가오더니 구명정을 통째로 걸고는 끌어 올려 버린 것이다.

조금은 복잡하고 번거로운 재중의 납치가 비로소 끝났다.

그런데 막상 구명정에서 나오자 온몸에 문신을 하고 얼굴의 상처와 몸의 칼자국을 고스란히 드러낸 녀석들이 재중을 노려보고 있었다.

재중은 마지막으로 가장 안쪽의 선실에서 나온 녀석을 보고는 입가에 미소를 지어 보였다.

"네놈… 네놈!!!"

양팔이 떨어져 바람에 펄럭이는 자켓을 입고 있는 녀석, 바로 재중이 직접 중국에 날려 버렸던 창 대인이었다.

창 대인은 재중 앞에 모습을 드러내자마자 목에 핏줄을 세워가면서 악을 썼지만 재중은 그저 웃고 있었다.

삼합회를 처리한다면 가장 먼저 죽이고 싶었던 녀석이었는데 제 발로 찾아온 것이다.

저절로 입가에 그려지는 미소는 어쩌면 기쁨의 표현일지도 몰랐다.

Chapter 14
다시 만난 창 대인

끼익… 끼익… 끼익…….

재중이 양팔이 묶인 상태로 앉아 있는 곳은 배의 가장 아랫부분이었다.

진한 짠 내가 코끝을 간질이고, 배가 흔들릴 때마다 끼익~ 하는 소리가 끊임없이 들리는 곳 말이다.

사실 처음에 재중이 배에 내려섰을 때는 삼합회가 그저 낡은 배를 위장해서 쓰는 줄 알았다.

그런데 이곳에 앉아보니 낡은 배를 위장한 것이 아니라 정말 낡은 배였다.

당장 파도가 크게 치면 뒤집어져서 가라앉을 만큼 낡고 오래된 그런 배 말이다.

그런데 이상한 점이 있었다.

재중은 자신을 본 창 대인 녀석이 바로 입에 칼을 물고 달려들 줄 알았는데 묶어서 이곳에 두고는 벌써 1시간째였다.

재중은 창 대인이 모습을 드러내지 않고 있는 상황에 슬슬 지루해지기 시작했다.

"그냥 콱… 다 쓸어버리고 다시 크루즈로 돌아갈까……?"

사실 아이린을 따라온 것은 삼합회에서 어느 정도 위치에 있는 녀석이 자신을 보고 싶어서 데리러 온 줄 알았기 때문이다.

그런데 막상 와보니 팔 병신이 된 창 대인이 가장 높은 녀석이었기에 흥미가 떨어졌다.

더구나 묶어서 이곳에 두고는 벌써 1시간 넘게 코빼기도 보이지 않자 지루하다 못해 별것 없다고 생각하기 시작했다.

그런데 호랑이도 제 말 하면 온다던가?

재중이 슬슬 지루해서 움직이려는 순간 재중의 귓가에 발걸음 소리가 들렸다.

그중에는 아주 익숙한 소리도 있었다.

끼이익!

낡고 녹슨 철문이 열리더니 들어온 것은 창 대인과 아이린,

그리고 덩치 네 사람이었다.

덩치들은 키만 2미터에 온몸에 근육이 우락부락한 것이 어디 가서 힘으로 둘째가라면 서러워할 녀석들로 보였다.

"오랜만이구나. 네놈이 너무나 그리워서 밤잠을 설친 게 언제인지 잊어버릴 만큼 말이야."

창 대인은 재중의 바로 코앞까지 얼굴을 들이밀고는 음흉하게 웃기 시작했다.

재중은 인상을 찡그렸다.

"이봐, 창 대인."

"왜 그러냐!"

재중이 자신을 부르는 소리에 창 대인이 짜증 난 표정으로 대답했다.

재중은 더욱 인상을 찡그리면서 입을 열었다.

"팔이 없으니까 이 안 닦지? 냄새가 너무 독해~"

"이놈이!!!"

재중의 느닷없는 도발에 창 대인은 이성을 잃고서 바로 달려들어 재중을 발로 밟으려고 했다.

하지만 그전에 아이린이 막아섰다.

"창 대인, 잊었나요? 먼저 알아낼 것이 있잖아요."

"비켜!! 내 저 썩을 조선 놈을 다져서 씹어 먹어버리고 말 테니까!!!"

팔이 떨어진 이후로 완전 병신 취급을 받았던 창 대인은 팔이 없다는 말만 들으면 병적일 만큼 발작을 하면서 난리치는 버릇이 생겼다.

그런데 하필 그렇게 만든 재중이 그런 말을 했으니 당장 이성을 잃어버려도 이상할 것이 없긴 했다.

하지만 아이린이 막아서고 건장한 근육질 녀석 하나가 창 대인을 억지로 힘으로 붙잡자 어쩔 수 없이 얌전해진 창 대인이었다.

한 5분 지났을까?

방금 전까지 미친놈처럼 입에 거품 물고 날뛰던 녀석이라고 생각지도 못할 만큼 차분하게 감정이 가라앉은 창 대인이 다시 재중 앞에 의자를 놓고 앉았다.

"네놈에게 물어볼 말이 있다……."

"물어봐."

재중이 별거 아닌 것처럼 대답했다.

으드득!!!

이번에는 참을 만한 듯 이 가는 소리만 들렸을 뿐 발작하지는 않는 모습이었다.

"정태만은 어디에 있나?"

"응?"

재중은 삼합회에서 자신을 찾는 이유가 궁금해서 제 발로 납치를 당해서 왔다. 그런데 엉뚱하게 이곳에서 정태만의 이름이 들린 것이다.

재중은 오히려 왜 그걸 자신에게 묻느냐는 표정으로 창 대인을 바라봤다.

"그걸 왜 나한테 묻지? 난 검찰에 있다고 들었는데."

쾅!!!

결국 재중의 말에 또 흥분한 창 대인이 자신이 앉아 있던 의자를 걷어차 버리고는 벌떡 일어서서 재중을 똑바로 노려보기 시작했다.

"네놈은 알고 있을 것이다. 어서 말해! 정태만은 어디에 있어!!"

아주 대놓고 미친 듯 소리치는 게 또 발작할 기미가 보였다.

재중은 이번에는 녀석을 자극하기보다 궁금한 것을 묻기로 한 듯 차분한 목소리로 입을 열었다.

"왜 정태만을 찾는 거지?"

"그건 네놈이 알 필요가 없어! 정태만이 어디에 있는지만 말해!!"

"나한테 정태만을 내놓으라니… 나참… 당신도 알고 있지 않아? 정태만이 검찰 조사 도중에 탈출해서 사라졌다는 것을 말야, 안 그래?"

애초에 재중에게 아무것도 말해줄 생각이 없다는 것을 느꼈기에 재중도 지금 상황에 흥미를 잃어버리고 대충 대답했다.

"네놈의 팔을 잘라 버려야겠어!! 어서 팔을 잘라!!!"

창 대인이 재중의 옆에 근육돌이에게 크게 소리쳤다.

녀석들도 재중의 태도가 그다지 마음에 들지 않았는지 허리에서 커다란 정글도를 꺼내 휘두르기 시작했다.

"크크크크크큭… 네놈의 팔을 잘라다가 이 바닷가에 던져버릴 것이다. 그리고 네놈의 머리통은 낚싯밥으로 쓸 것이고, 네놈의 양다리는 내가 직접 만두로 만들어 먹어주마. 크크크큭……. 이 빌어먹을 조선 놈아!!"

창 대인은 재중이 아주 오줌을 지리고 벌벌 떨면서 살려달라고 빌 것이라고 생각했다.

하지만 재중은 잠시 이야기를 들어보더니 오히려 입가에 미소를 띠었다.

그리곤 돌연 미친 듯이 혼자 웃기 시작했다.

"그거 괜찮네… 아주 괜찮은 처벌이야, 크크크크큭……."

"이놈이 미쳤나?"

재중이 갑자기 웃기 시작하자 창 대인은 재중이 공포에 질려서 미쳐 버렸다는 생각을 했다.

그때.

우지끈!

재중을 묶어두고 있던 의자가 부서지면서 재중이 천천히 몸을 일으켜 세우기 시작했다.

"뭐……!!! 뭐야!!!"

나무이긴 하지만 단단하고 바닷물에 잘 썩지 않는 물푸레나무로 만든 의자였기에 설마 재중이 그걸 부숴 버리고 일어설 줄은 이곳에 그 누구도 전혀 예상하지 못한 일이었다.

창 대인은 더욱 당황하고 있었다.

"잡아!! 녀석을 잡으란 말야!!"

재중이 일어서면서 아주 잠깐 눈이 마주친 창 대인은 불현듯 잊고 싶은 것이 떠올라 버렸다.

재중을 처음 만나서 자신의 양팔이 뜯길 때 마주했던 눈빛 말이다.

지금 아주 잠깐이지만 재중이 의자를 부숴 버리고 일어서는 순간 보았던 눈빛이 그때의 눈빛과 너무나 똑같았다.

오히려 겁을 먹은 것은 창 대인이었다.

"힘 좀 쓰나 보군, 조선놈."

근육돌이 넷 중에서 가까이 있던 둘이 재중의 곁으로 다가와 어깨를 덥석 잡더니,

"그냥 얌전히 있는 게 좋아."

라는 말과 함께 재중을 힘으로 내리눌렀다.

힘으로 바닥에 눌러서 꼼짝 못하게 하려고 한 듯 말이다.

그런데 어찌 된 일인지 아무리 눌러도 재중의 몸이 미동조차 없는 것이 아닌가?

"다 했어?"

오히려 자신의 어깨를 힘으로 누르려고 얼굴까지 벌겋게 달아오른 근육돌이 둘에게 여유로운 농담까지 하는 재중이었다.

"그냥 별거 아니었네… 쩝……."

뿐만 아니라 재중은 근육돌이들의 힘이 너무나 하찮다는 듯 입맛을 다셨다.

그러더니 천천히 양팔을 들어 자신의 어깨를 잡고 있는 근육돌이들의 손목을 잡고서 힘껏 움켜쥐었다.

우드드득!!

"끄악!!!"

"크억!!!"

한순간에 근육으로 무장했던 근육돌이들의 손목이 빨래를 쥐어짠 듯 비틀렸다. 동시에 손목뼈가 산산이 부서져 근육 사이사이에 박혀 버렸다.

"끄아아가!!!"

근육 사이에 작은 뼛조각들이 박혀들었으니 그 고통이 오죽하랴?

아주 죽겠다고 난리를 치면서 바닥을 굴러다니는 모습이 아주 볼만했다.

하지만 재중은 바닥을 뒹굴고 있는 근육돌이들 곁으로 다가 가더니 시끄럽다는 듯 바로 발을 들어 올려 목을 밟아버렸다.

다시금 고요가 찾아든 배 바닥이었다.

"뭐… 야, 저건……?"

창 대인은 자신이 일부러 뽑고 뽑아서 데려온 녀석 중 둘이 너무나 허무하게 재중의 발에 목이 부러져 죽어버리자 어이가 없다는 듯 쳐다보았다.

"이놈이!!"

"감히!! 내 형제를!!"

어쩐지 근육돌이 넷이 비슷하게 생겼다고 생각했는데 형제였나 보다.

재중이 둘을 죽여 버리자 이번엔 남은 근육돌이 둘이 동시에 재중에게 달려들었다.

우드득!!

뽀각!!

재중은 달려오는 근육돌이들의 품에 오히려 파고들어 팔꿈치로 정확하게 심장을 찌르듯 후려쳐 버렸다.

이어 살짝 발을 돌려 몸을 회전하면서 발을 들어 하이킥과 로우킥의 중간쯤 되는 높이로 발차기를 하자 정확하게 근육돌이의 거시기가 있는 골반에 닿았던 것이다.

당연히 뽀각~ 이 소리는 골반뼈가 부서지면서 근육돌이

의 거시기가 영원히 사라지는 소리였다.

"네놈… 기억났어… 네놈은 악마야!!! 악마!!!"

창 대인은 지금의 모습을 보자 자신이 왜 재중의 진정한 모습을 잊고 있었는지 그 스스로에게 화가 치밀어 올랐다.

이걸 알고 있다면 절대로 자신이 오지 않았을 텐데 말이다.

하지만 사실 창 대인이 재중의 진정한 힘을 잊고 있었던 것은 모두 테라 때문이었다.

테라가 재중의 힘에 대해서 기억을 건드렸기에 재중이 자신을 이렇게 만들었다는 것은 알고 있지만, 어떻게 자신의 팔을 뜯어냈는지는 전혀 기억하지 못했었다.

거기다 기억을 지우면서 테라가 상관없는 다른 쪽도 건드렸는지 이상하게 재중에 대한 분노와 억울함이 극도로 타올랐던 것이다.

"이제 쓸데없는 쓰레기들은 잠시 분리수거를 했고… 창 대인? 우리 할 이야기가 있지 않나?"

창 대인은 팔이 없다 보니 레버만 돌리면 열리는 철문을 열지 못했다.

대신 문에 바싹 붙어서 공포에 질린 표정으로 재중에게서 어떻게든지 조금이라도 떨어지려고 발버둥을 쳤다.

덥썩!

창 대인은 재중에게 목이 잡히는 순간 온몸이 굳어버렸다.

"설마… 똑같은……!!"

자신이 처음 재중에게 잡혔을 때도 지금처럼 온몸이 뻣뻣하게 굳어버렸던 것이 기억난 듯했다.

창 대인은 오줌까지 지리면서 공포에 질렸다.

하지만 재중은 그런 것에는 관심도 없다는 듯 무심하게 창 대인을 쳐다보면서 물었다.

"정태만은 왜 찾지?"

사실 정태만과 창 대인의 거래가 워낙에 은밀하고 조심스러웠기에 재중도 조금 기다렸었다.

하지만 창 대인을 보낸 뒤로 딱히 움직임이 없기에 그냥 무시해 버렸었다.

그런데 이제와서 삼합회에서 정태만을 찾는다는 것이 이상하기에 물어보았다.

"그게… 그때 사 가려고 했던 여자… 를 원하는 간부가 있어서… 다시 돌려받으려고……."

애초에 녀석들이 이번에 재중에게 접근한 것은 재중 외에도 그 당시 자신들이 사려고 했던 유서린을 데려가려는 것도 포함되었던 듯했다.

그런데 그것만으로 정태만을 찾는 것은 뭔가 이상하다는 생각이 들었다.

재중이 나직하게 다시 물었다.

"그게 아닐 텐데… 이번에는 다리까지 뜯어줄까?"

재중이 말하며 창 대인의 다리를 잡았다.

"말한다고!! 정태만이 우리에게 여자를 대주던 기획사를 찾아서 남은 여자를 데려가는 것이 우리의 이번 목적이다!!"

"……."

재중은 창 대인의 말을 듣고서 기가 막혔다. 하지만 냉정하게 생각하면 충분히 이런 말이 나올 것을 예상했어야 했다.

정태만의 아내와 딸은 지금도 검찰과 경찰이 수시로 감시를 하고 있으니 삼합회에서 서투르게 건드렸다가 오히려 자신들이 역으로 쫓길 수 있으니 건드리지 못한다.

그렇다면 재중을 쫓는 쪽이 현실적이었다.

재중을 찾아온 것만 봐도 녀석들이 정태만이 그동안 팔았던 여자를 얼마나 원하는지 충분히 알 수 있었다.

"아이린 씨도 알고 있었나요?"

재중이 무표정한 모습으로 구석에 겁에 질려서 벌벌 떨고 있는 아이린에게 물어보았다.

"몰랐어요… 저는 정말… 전 북경에 있다가 갑자기 호출을 받아서… 설마… 그런 일이… 있으리라고는… 정말… 몰랐어요……."

재중의 무력과 잔인함, 그리고 표정 하나 바뀌지 않고 사람을 죽여 버리는 모습에 아무리 아이린이라도 공포를 느끼지 않을 수가 없었던 것이다.

"하긴… 알았다면 아까 말했겠지……."

재중은 크루즈에서 아이린과 나눴던 대화를 생각하며 모른다는 지금 말은 진실이라고 판단했다.

그리고 다시 고개를 돌려 창 대인을 바라본 재중은 입가에 미소를 짓고는 말했다.

"조금 전에 말했지? 머리는 뜯어서 낚싯밥으로 쓰고 다리는 뜯어서 만두를 만들어 먹겠다고 말이야. 크크크크큭… 그런데 난 그런 것보다 하고 싶은 것이 있어……. 그게 뭔 줄 알아?"

"뭐… 뭐… 길래……."

완전히 재중의 공포에 제압당한 창 대인이 떨면서 물어보자 재중은 웃으면서 말했다.

"너를 통째로 상어 입속에 집어넣는 거."

꿀꺽!!

창 대인은 자신도 모르게 마른침이 목을 타고 넘어가는 것을 느껴야만 했다.

꿈에도 생각해 본 적이 없었던 것을 너무나 간단하게 말하는 재중이었으니 말이다.

그런데 그때 아이린이 무언가 생각난 듯 소리쳤다.

"당신 일행이 위험해요!!"

"응?"

재중은 그게 무슨 소리냐는 듯 아이린을 돌아보았다.

"방금 창 대인이 말했죠, 간부 중에 전에 사기로 했던 여자를 원하는 자가 있다구요."

재중이 고개를 끄덕이자 아이린은 발을 동동 구르면서 말했다.

"저희 말고 다른 팀이 움직인 것이 분명해요!"

"다른 팀……?"

재중이 지금 아이린이 하는 말이 뭔지 이해가 가지 않는 듯 고개를 갸웃거렸다.

"제가 아는 선에서는 삼합회를 움직이는 간부는 9명이에요. 그런데 그들 모두가 독자적으로 조직을 운영하면서 서로 필요할 때마다 돕는 것이 바로 삼합회예요. 이번에 저를 보낸 간부는 9명의 간부, 즉 구룡(九龍) 중에 이룡(二龍)이었어요. 하지만 창 대인이 말한 여자를 원하는 간부는 제 기억이 맞다면 오룡(五龍)이었어요."

"……."

아이린의 말을 듣던 재중이 들고 있던 창 대인의 얼굴을 보면서 물었다.

"저 말이 맞나?"

"맞습니다… 맞아요……. 오룡의 부하들이 따로 움직일 거라는 말을 들었습니다…….”

“음… 그럼 오룡이라는 놈의 나이가 몇이야?”

재중이 뜬금없이 오룡의 나이를 묻자 창 대인은 자신도 모르게 대답해 버렸다.

“올해 74세이십니다…….”

“에라이~ 늙어서 곧 관 속에 들어갈 늙은 놈이 밝히기는, 쯧쯧쯧…….”

발을 동동 구르면서 당장 크루즈로 돌아갈 방법을 찾아야 하는 상황에도 저렇게 유유자적하게 창 대인과 말장난하고 있는 재중을 보다 못한 아이린이 외쳤다.

“당장 돌아가야 해요!! 이미 그녀는 크루즈에서 없어졌을지도 몰라요!”

너무나 답답한 마음에 소리를 쳤지만 재중은 별거 아니라는 듯한 표정으로 대답했다.

“걱정하지 마, 이 세상의 그 누구도 내 일행을 건드릴 수 없으니까 말이야.”

“네에?”

도무지 이해할 수 없는 재중의 말에 아이린이 오히려 멍한 표정이 되어버렸다.

“테라.”

―네, 마스터.

"오룡이라는 놈이 보낸 녀석들은?"

—그쪽으로 보낼까요?

"보내."

—넷, 마스터~

허공에 대고 몇 마디 하던 재중의 말이 끝나자마자 재중의 바로 앞 허공에 시커먼 틈이 벌어졌다.

그리곤 허공에서 무언가 튀어나오기 시작했다.

후드드드득…….

털썩… 털썩…….

아이린은 틈이 완전히 닫히고 쏟아지는 것이 그친 뒤에야 튀어나온 것들을 자세히 볼 수 있었다.

잠시 뒤, 어둠의 틈에서 쏟아진 것이 사람이라는 것을 알게 된 아이린은 소스라치게 놀라 버렸다.

"사… 사람이… 어떻게!!"

"쉿~!"

그때 재중이 창 대인을 손에 쥔 채로 다른 손의 손가락을 입에 가져다 대고는 조용히 말했다.

"그냥 당신만 아는 비밀로 해요. 안 그러면… 알죠?"

딸꾹!!

상황에는 그다지 맞지 않는 협박이었지만, 아이린에게는 너무나 잘 먹혀 들어간 듯했다.

고개를 크게 여러 번 끄덕이고 있으니 말이다.

아이린을 뒤로한 재중은 테라가 배달한 오룡이 보낸 녀석들을 향해 발걸음을 옮기기 시작했다.

"음… 삼합회도 처리해야 되나? 귀찮은데… 쩝……."

어느 정도 예상은 했지만, 설마 이렇게 그쪽에서 먼저 여자 문제로 달려들 줄은 몰랐다.

재중은 잠시 고민에 빠져야만 했다.

물론 창 대인 녀석은 잠시 놓아두고 새로운 녀석의 목을 움켜쥐고 들어 올리면서 말이다.

테라의 마법에 잠들어 버린 녀석이 깨어나자마자 만난 재중에게서 들은 첫마디는 바로 이거였다.

"네놈 보스는 어디에 있냐?"

물론 첫 번째 녀석은 끝까지 버티는 아주 충성스러운 행동을 보였다.

재중도 그 충성에 보답하고자 목을 아주 비틀어 버리고는 저쪽 구석에 던져 버리고 다시 두 번째 녀석의 목을 쥐고 똑같이 물어봤다.

"네놈 보스는 어디에 있냐?"

당연히 충성스러운 녀석은 대답하지 않았다.

그렇게 테라가 보낸 일곱 명 중에서 여섯을 목을 비틀어 죽여 버리고 결국 마지막 남은 녀석의 입에서 보스가 현재 크루즈 안에 있다는 말을 들을 수가 있었던 재중이었다.

"저기… 어떻게 보스가 가까이 있다는 것을 안 거예요?"

아이린은 처음에 재중이 오룡의 부하를 붙잡고 무작정 보스가 어디 있냐고 묻는 모습이 너무나 이상해 보이기만 했었다.

그런데 재중이 3명째까지 똑같은 질문을 하자 그녀도 늦었지만 재중이 오룡이 가까이 있다는 것을 알고서 물어본다는 것을 느낄 수가 있었던 것이다.

"여자에 환장한 늙은 놈이 과연 자기가 원하는 여자를 멀리서 찾을까? 어림도 없지. 가장 가까운 곳에 있는 게 당연하잖아, 안 그래?"

재중이 오히려 그걸 뭐 하러 물어보냐는 식으로 되물어보자 한순간 아이린은 스스로가 바보가 된 듯한 느낌을 받아버렸다.

"그럼 이제 오룡이라는 늙은이한테 가볼까?"

『재중 귀환록』 6권에 계속…